Franziska König

Die Neue
an seiner Seite

Journal

Realdoku aus dem wahren Leben

Für meinen geliebten Bruder Ming

BoD – Books on Demand
© Dezember 2021 von Franziska König
Cover: Gemälde von Erika König „Julie"
Covergestaltung: Franziska König & Agentur Baumfalk Aurich
Herstellung und Verlag: BoD –Books on Demand Norderstedt
ISBN: 9783756209385

Franziska (Kika) mit ihrer Violine – fotografiert von ihrer lieben Freundin Ute Bott aus Rottweil.

„Wenn ich dereinst verstorben bin, so schweigt auch meine Violine!" sagt sie.

Drum bringt Franziska alle vier Wochen ein schlankes bis vollschlankes Taschenbuch heraus.

Erzählt werden Geschichten aus dem wahren Leben, die von erhöhtem Interesse sein dürften.

Jeden vierten Dienstag um 18.05 wird das fertige Manuskript in die Umlaufbahn entsandt.

Die meisten Vorkömmlinge
finden sich im Personenverzeichnis
am Ende des Buches

Hier die Familie vorweg:

Buz (Wolfram), unser Papa (*1938) Professor für
Violine an der Musikhochschule in Trossingen
Rehlein (Erika), unsere Mutter (*1939)
Ming (Iwan), mein Bruder (*1964)

Ein Buch ohne Vorwort.
Sie können gleich anfangen zu lesen…

Juni 2003

Sonntag, 1. Juni
Lemwerder – Hasbergen – Aurich

Hochsommerlich warm und sonnig

Vorwissen:

Ich befand mich mit meinen Eltern Rehlein & Buz auf einer kleinen Konzertreise im Großraum Delmenhorst.
Buzens Spezi Ivo hatte sich liebenswerter Weise erboten, uns als Übernachtungsgäste zu beherbergen.
In seinem Haus erwachten wir somit in den Juni hinein…

Ähnelnd einem Gaste, dem die Suppe so sehr mundet, daß er sich verstohlen ein wenig nachschöpft - hoffend, dies möge unbemerkt oder zumindest unkommentiert bleiben - schöpfte ich mit der Schöpfkelle noch etwas Schlafenssüße nach.

Ein Früh-erheb-dich war angesagt, da meine Violine und ich um zehne als klingendes Kirchenfüllsel im Gottesdienst von Delmenhorst-Hasbergen erwartet wurden. Doch nachdem der Wecker getönt hatte, war mir die Müdigkeit nicht aus dem Gebein gewichen.

Eigentlich schwebte mir folgende Tageseröffnung vor: *Nachdem ich meine Eltern geweckt hätt', würde meine Mama ihrer rührenden Art gemäß noch ein früchtebröternes Dankesbrieflein auf den Tisch legen und mit allerlei Herumliegendem befestigen, auf daß es nicht von einer Windböe hinfortgetragen würde, wenn der Ivo das Fenster öffnet um zu lüften. Hernach würden wir uns so leise wie möglich, aus dem Hause stehlen.*

Tatsächlich aber knospelte das Leben bereits auf, während ich noch im Bette lag.

Man weiß: Frühstückt man in Zeitnot, so schmeckt´s doppelt und dreifach – und ebenso verhält es sich mit dem Frühstücksgeplauder: Es bannt doppelt und dreifach.

Der Ivo hatte eine CD mit seinen neuesten Werken eingelegt. Seine Bänd spielte und sang, und die Kastagnettenfee Ulrike klapperte dazu leis und zart auf ihren Kastagnetten, obwohl man zu Anfang der Aufnahme noch befürchtet hatte, daß man praktisch nur noch das Geklapper hört, wenn sie richtig loslegt.

Rehlein erzählte lebhaft von der Ulrike, und wie man in Ofenbach sein eigenes Wort nicht mehr verstanden habe, wenn sie übend losklapperte. Dann habe sie ihrem Verteilerkreis an 4087 Adressen folgendes gemailt: „Bin in den nächsten Wochen rund um die Uhr unter folgender Rufnummer zu erreichen: +43 (0)2627 42113
(unserer Ofenbacher Nummer)

„Und nachts riefen die Vertragspartner aus Japan, den USA und Taiwan an!" beschwappte ich Rehleins empör- bzw. erheiterndes Anekdötchen auch noch mit einem Sahneklecks.

Auch Herrn Stoppenburg haben wir ein bißchen, wenn auch auf liebevolle Weise, auf dem Kieker, dieweil der Ivo mit seiner Bänd, demnächst in Verbindung mit einem „lecker Abendessen" in Holland konzertieren soll. Die Erfahrung hat einen jedoch gelehrt, was Herr Stoppenburg unter einem „lecker Abendessen" versteht: Rosinenbrötchen aus der Pappschachtel.

Wir sprachen darüber, wie schade es sei, daß Ivos hervorragende Bänd, mit der man Ostfriesland vertreten könnte, nie beim Grand Prix d´Eurovision teilnehmen darf. So viel poetische Popmusik bleibt von Millionen ungehört.

Man darf nur teilnehmen, wenn man bei einer der sechs renommiertesten Plattenfirmen unter Vertrag ist, und dies wiederum funktioniert nur wenn man einen Grand Prix vorweisen kann, wußte der Ivo.

Interessiert befrug Rehlein den Ivo nach seinem Neffen, der heute zehn Jahre alt wird, und von Onkel Ivo ein Aquarium geschenkt bekommt. Doch leider ist es so, daß der Ivo zu jenem, ihm quasi „auf´s Auge gedrückten" adoptierten Neffen überhaupt keinen rechten Bezug hat.

Wenn der Ivo mit dem Neffen spielen will, dann will der Neffe immer bloß hauen, und es ist gar keine Geschichte und kein System in seinen Spielereien zu erkennen.

Dies gefällt dem Ivo nicht, da er als Bub gänzlich anders war: Fantasievoll und künstlerisch.

Es kam so, wie man es geahnt hatte: Wir mußten los, und dabei hätte ich diesen Ausführungen über den mißratenen Neffen noch stundenlang lauschen mögen.

Nicht ohne Wehmut verabschiedeten wir uns von unserem lieben Freund Ivo, bei dem wir uns so wohlgefühlt hatten, und fuhren nun in lieblichstem Sonnenschein ganz weit weg.

Eigentlich wollte ich doch um viertel nach neun an der Kirche sein, doch jetzt rann die Zeit, und Rehlein und Buzen ging´s nun so, wie es mir zuweilen zu gehen pflegt: Daß man nämlich völlig verunsichert ist, wie rum man den Stadtplan halten bzw. interpretieren solle?

Manchmal fühlte wir uns in unserem Plane sattelfest, doch einmal wurde es brenzelig: Laut Plan mußten wir eine ganz lange Straße abfahren, doch plötzlich hörte sie auf, und nun wußten wir nicht mehr, ob nach rechts, oder nach links? Ich sprach zwei radelnde Senioren an – das Mulmgefühl im Nacken spürend, daß sie meine Frage einfach überhören könnten, und ich in den Augen meiner Eltern begossen und ungehört dastehe? Doch der ortskundige Senior wies uns den Weg, und um 9:40 trafen wir froh an der kleinen, in einen Friedhof eingebetteten Kirche ein.

Der schlanke, leicht graumelierte Pastor Schürg mit seiner stacheligen Igelfrisur hieß und willkommen, und den Gottesdienst empfand ich als sehr angenehm, auch wenn höchsten zwanzig Leute gekommen waren. Die Feier umrankte die goldene Hochzeit des Ehepaar Voss, das sich am 23.5.1953 in dieser kleinen Dorfkirche das Ja-Wort gegeben hatte, und nun nach so langer Zeit den Segen eines Geistlichen entgegennahm, der damals womöglich noch gar nicht geboren war?

Das Ehepaar, das man auf blumengeschmückte Stühle gesetzt hatte, war still und ergriffen, und der Herr mit den leicht herabhängenden welken Mundwinkeln erinnerte gar an Schostakowitsch!

Wir erfuhren, daß die Frau mit zehn Geschwistern gesegnet war, und ich stellte mir gleich plastisch vor, ich hätte neun Mings. Wo doch allein *ein* Ming das Kostbarste in meinem Leben ist!

Ich spielte drei Werke, und hernach war das Publikum derart von den Socken, daß alle applaudierten. Fast hätte ich die Sarabande von Bach gespielt, doch in letzter Sekunde entschloss ich mich um, da der dritte Satz von der C-Dur Sonate doch viel besser zu der feierlichen Stimmung in der hellen, sonnendurchfluteten Kirche passte.

Dann war's vorbei.

In dem kleinen Künstlerkabüffchen meinte Herr Schürg, daß ein paar Firmlinge gestört hätten.

„Die haben natürlich keine Ahnung von dieser Musik!" sagte er verständnisheischend, doch später überlegte ich mir, daß ich eigentlich hätte sagen *müssen:* „Was heißt hier „natürlich"? Das ist höchst unnatürlich!" Man hätte von Taiwan erzählen sollen. Zum Beispiel, wie ernst dort die Musikausbildung bereits in jungen Jahren genommen wird.

Buz und Rehlein warteten auf einem Bänkchen vor dem Gemeindehaus auf mich, und vor uns dreien lag ein gemütlicher Urlaubstag, überschattet nur vom quälenden Gedanken, ob sich am Abend wohl jemand für das Konzert erwärmen könnte?

Einmal erzürnte sich Rehlein leicht, da Buzen ein Zehn-€uro Schein aus dem Hosensack entschwebte, als er nach seinem Autoschlüssel langte. Und als Rehlein später in einem schönen Lokal die Sprache nochmals auf dies unerquickliche Thema brachte, hatte sich der Zehn-Euro-Schein bereits in einen 50-€uro-Schein verwandelt, und wieder machte ich mir ein bißchen Kummer und Sorgen über Rehleins geschärften Blick für das Negative!

Wir saßen an einem Tisch im Freien, und Buz & ich bestellten uns Ente für zwei Personen.

„Wenn man für zwei bestellt bekommt man einen €uro geschenkt!" sagte ich mit Nachdruck wie eine überreife Siebenjährige. Extra für die Ohren der leicht verdörrten Kellnerin bestimmt.

Im Schankstubeninneren tobte eine große Feier mit vielen sahneweißen Häuptern, und für mich ernannte ich sie einfach zur Feier der güldenen Hochzeit der Vossens, obwohl die Vossens in Wirklichkeit einen eher gedrückten Eindruck gemacht haben, weil ihnen genau am Tage der goldenen Hochzeit ein Nachbar hinweggestorben ist.

Nachdem ich emsig geübt hatte, und Buz und Rehlein sich einen kleinen Spaziergang in der Natur gegönnt hatten, besuchten wir gemeinsam ein wärmstens empfohlenes Caféhaus.

Buz und ich schwankten je hin und her, ob wir uns wohl einen Eiskaffee bestellen sollten, und voller Übermut frug ich - oder vielleicht war´s auch der Opa in mir - die Kellnerin, wie bei ihnen wohl der Eiskaffee schmüke?

„Ha – gut," sagte die Kellnerin ohne große Begeisterung, dieweil sie womöglich noch nie dazugekommen war, einen zu kosten?

Doch dann war Rehlein die Einzige, die sich einen Eiskaffee gönnte.

„Wir müssen schlank werden. Die Mama darf es sich erlauben!" beschied Buz, und wich auf einen Cappuccino mit einem kleinen Amarettino aus. Leicht wie Luft.

Wir hatten uns so auf das Miteinander gefreut, doch nun wurde es davon überschattet, daß Buz es nicht einsehen wollte, daß er sich eine große Tasse Cappuccino für drei Euro bestellt hat, und serviert wurde so ein kleines Tässchen!

Buz traute sich jedoch nicht, die Kellnerin darauf hinzuweisen, und seinen Ärger in strenge Worte zu kleiden. Und so verschwand er kurz im Häusl, in der Hoffnung, daß nach seinem Wieder-an-Land-treten alles gezahlt, und die Kellnerin mit strengen Worten bedacht und Trinkgeldentzug gestraft worden sein möge.

Neben dem Caféhaus befand sich eine große Weide, wo wir vier Pferde kennenlernten. Darunter zwei Füllen.

Und dann gönnten wir uns auch noch einen Sommerspaziergang, eingewoben in glitzernde Sonnenstrahlen, auch wenn es bereits viere durch war.

Am Abend hab ich mich – nicht zuletzt für Rehlein und Buz – so gefreut, daß die Kirche halbwegs gefüllt ausschaute.

Beim Bach-Spiel auf der Violine dachte ich an die etwas einseitig barsche, fast verdrossen klingende Aufnahme eines Gidon Kremer, und versuchte die große oft übermütige Frische und die kleinen Scherze, die den Werken innewohnen besser darzustellen, damit es nicht allzusehr nach E-Musik klingt.

Zwischen den vereinzelten Werken las der Geistliche kurze Texte von Hanns-Dieter Hübsch, und zum Schluß schenkte er mir sogar eine Kerze und eine lustige Zeichnung, auf der eine schelmisch lächelnde geigende Kirche abgebildet war.

Dann war´s vorbei.

Dadurch, daß der Saal zumindest nicht ganz leer war, hatte ich bereits gemeint, der HERR sei mir heute gewogen, und habe auch die Frau Thümmler vom Kulturamt, die ich doch extra eingeladen habe, ins Konzert gesandt – doch Pustekuchen!

Allerdings war Heidi A. gekommen, und die Eltern von Pastor Schürg, die extra aus Vechta herbeigereist waren, hatten sich gar ein Autogramm von Buzen geben lassen, weil sie sich so gut mit ihm unterhalten haben.

Nach dem Konzert kehrten wir – grad so, als seien wir die neuen Stammkunden – erneut in unserem neuen Stammlokal ein.

Auf einer Anrichte im Vorraum lagen interessante Broschüren: Z.B. über große und gloriose Festivitäten, die man hier veranstalten könnte, und ich nahm einige Broschüren an mich, grad so, als solle ernsthaft mit der Planung zur goldenen Hochzeit von Rehlein und Buz am 6. April 2012 begonnen werden.

Wir saßen mit Heidi A. zu Tisch.

Einmal verschluckte Buz sich lebensbedrohlich an seiner Speise. Wir waren außer uns vor Entsetzen, aber als nach einer Weile klar wurde, daß Buz den Sensemann nochmals in die Flucht hatte schlagen können, wurden wir wieder lustig, und ich spaßte, daß die Schüler heutzutage per SMS Kunde vom Ableben ihres Lehrers bekommen würden.

Wir fuhren die Heidi zum Delmenhorster Bahnhof, und sahen sie – wie in einem Psychothriller – nochmals die Straße überqueren, bevor sich ihre Spur (für immer?) verlor…dann fuhren wir nach Aurich zurück.

Zu später Stund´ beim Zähneputzen:

Unten hörte man Buz seine Franck-Sonate üben, und ich dachte an Herrn Schinke, meinen betagten Schwiegerschüler (Mann meiner betagten Schülerin *Frau* Schinke, der es auch nie lange ohne seine geliebte Geige aushält.

Montag, 2. Juni

Bis zirka 18 Uhr sagenhaft schön und sommerlich.
Dann gab´s ein mildes Gewitter

Mit dem Weckerschrill waren meine Träume in ein Truhe entwischt, auf die jemand fest den Deckel drückte, da ein Automatismus in meinem Gehirn Folgendes gebietet: „Los! Auf zur Tante Olli! Keine Zeit für´s Diarium!"

Nur ein winziges Traumeseck, auf dem Folgendes zu lesen stand, hing unter dem Truhendeckel noch hervor:

Reicht ein Fax?
Ja, vollkommen!

Worte, mit denen der Erwachte nicht (mehr) viel anzufangen weiß. Mich begleitete nur noch das Gefühl, fantastisch geschlafen zu haben, und der pralle schöne Sommermorgen im wahren Leben freute mich auch.

Ich radelte zu.

An einer Stelle in der Tom-Brook-Straße wohnt ein höchst sauertöpfisches chinesisches Ehepaar, das man zuweilen dabei sieht, wie es hoch sauertöpfisch in sein enges kleines Auto steigt. Heute sah man es nicht, und doch musste ich an jener einen Stelle, wo das enge kleine und mürrisch stimmende Auto steht, über dieses Ehegespann nachdenken.

Hatte man nicht andere Pläne gehabt? Sich mit einer Luxuskarosse von einem Schofför mit weißen Handschuhen durchs Leben schoffieren zu lassen? Hatte ER SIE nicht einst mit genau diesen verlokkenden Aussichten geködert? Stattdessen war man nun in diesem trostlosen Mietshaus gelandet.

Heute übte ich leicht verfrüht - nicht ohne ein schlechtes Gewissen Buzen gegenüber - los, und wenn Buz aufmerksam zugehört hätte, dann wäre ihm vielleicht aufgefallen, daß jedes Werk ein bißchen gereifter klang, als das Vorhergehende?

Dies lag daran, daß ich es mit meinen Werken so betreibe wie ein Geigenbauer:

Der Geigenbauer beginnt sein Tagewerk damit, einen bleichen Geigenkorpus, an dem noch viel zu arbeiten ist, zu beschnitzen oder zu befeilen. Nach einer Weile hängt er das Schmuckstück ganz links an eine Verstrebung, um sich sodann dem danebenhängenden Geigenkorpus zuzuwenden, der schon ein wenig weitergediehen ist, so daß die Freude bzw. das Ziel bald eine perfekte Geige in Händen zu halten, mit jeder weiteren Geige näher rückt.

Die Korpüsse seiner Violinen hängen, Kleidungsstücken nicht unähnelnd, nebeneinander, und jede einzelne Geige ist ihrer Nachbarsgeige zur linken um einen Arbeitsgang voraus. Jene Geige die ganz rechts hängt, steht kurz davor, perfekt zu sein, herabgenommen und in einen samtenen Geigenkasten gebettet zu werden.

Zum Frühstück schauten wir uns einen Fall von Richter Guido Neumann an:

Eine Frau stak seelisch sehr in der Zwickmühle, dieweil sie gegen die Neue an der Seite ihres Mannes prozessierte. Diese Dame wiederum wirkte sehr frisch und jugendlich, doch ihre eine Wange war von einer Warze verunziert.

Es ging nur um eine Kleinigkeit (einen Telegrafenmast im Garten), und die Exfrau verlor den Prozess! Nach dem Urteilsspruch von Richter Guido Neumann sackte sie wie ein Souflée in sich zusammen, und man spürte als Zuschauer ganz deutlich, wie ein inneres Beben die gemarterte Frau durchbebte, weil sie einfach nicht mehr wußte, wohin mit ihrer hilflosen Wut?

Heut hatte mir ein 76-jähriger Herr aus Vechta, - seines Zeichens Komponist und Musikwissenschaftler - einen Brief geschickt, und ich bekam beim Satz „Meine Meinung aus der Sicht eines Komponisten" ganz heiße Wangen vor Aufregung. Doch es stand nur Gutes zu lesen, wenn zwar der Herr sich zweimal leicht vertippt hatte. Sogar eine Fantasie für Solovioline hatte er beigelegt und ein lustiges Gedicht, wo sich jedes Satzende auf „dummes" reimte. Ich fand es aber nur ein bißchen lustig, und die Freude über den Brief, der gegen Schluß mit einem „Schreiben Sie mir?" endete, mündete in die leichte Lästigkeit, schon wieder einen „Herrn Bohnke"* am Bein zu haben.

Die Geschichte von Herrn Bohne – beginnend im Jahre 1978 - bedarf eines eigenen Kapitels:

Zu Beginn meiner Laufbahn als Geigerin spielte ich mit Ming in Frankfurt die Kreutzer-Sonate. Doch die Aufführung mißlang von meiner Seite her in beklagenswerter Weise, so daß damit gerechnet werden mußte, daß eine harrsche Kritik in der FAZ meiner Karriere als Geigerin ein jähes Ende bereiten würde, um meiner von Buzen prophezeiten Laufbahn als Sekretärin den Platz zu ebnen?

Stattdessen wurde ich mit völlig unverdienten Lobeshymnen bedacht, und der bedeutende und promovierte Kritiker Walther Bohnke, der sich in der Frankfurter Kulturszene als windiger Frauenheld einen klangvollen Namen gemacht hatte, trat mit mir in Kontakt und bombardierte mich mit Briefen, die er in einem – von mir als lächerlich empfundenen witzelnden Stile – in viel zu dick aufgetragenem Humore abgefasst hatte.

Zu der Zeit war es noch die Norm, daß man Briefe beantwortete – doch ich ließ mir immer aufreizend viel Zeit damit.

An einem Abend lernte ich ihn und seine trockene Gattin Renate persönlich kennen. Die Renate schien sich in der Rolle einer trockenen älteren Dame zu gefallen?

Die Korrespondenz hielt wohl einige Jahre an, um schließlich eines Tages zu versickern.

Zu Bekanntschaftsbeginn war mir Herr Bohnke - weißhaarig und tränenbesäckelt - uralt erschienen. Ich schätzte ihn auf 88 Jahre.

Jahre später – im Jahre 2000 – fiel mir ein altes Adressbüchlein in die Hände, und der Kenner weiß:

Nach so vielen Jahren dürfte kaum noch ein alter Bekannter unter der angegebenen Adresse anzutreffen sein – die meisten lagen mittlerweile auf dem Gottesacker, und auch Herrn Bohnke wähnte ich ebendort. Trotzdem machte ich mir einen Spaß daraus, die Nummer zu wählen, und von eventuellen Nachfahren zu hören, was wohl aus ihm geworden sei?

Überraschenderweise hob die trockene Renate ab.

„Walther Bohnke ist seit dem 27.4.2000 nicht mehr!" berichtete sie, „und das ist auch gut so!"

Betroffen rechnete ich herum: Wenn er damals im Jahre 1978 tatsächlich 88 gewesen sein sollte, so müsste er ja biblische 110 Jahre alt geworden sein? Für einen derart verlebten Menschen ein kaum zu glaubendes stattliches Alter!

Auf die höfliche Frage, wie alt er geworden sei, erzählte die Renate: „Er wäre so gerne noch 80 geworden. Hat´s aber um drei Monate verpasst!"

Rehlein war sehr gut gelaunt, dieweil schon wieder ihr Verehrer, Herr Berke, angerufen hatte. Auf einmal hat Rehlein, so wie einst zur Jugendzeit, gleich zwei Verehrer: Herrn Berke und Herrn Röbel – nachdem sie jahrelang gar keinen hatte.

Als ich mit meiner Karrieretätigkeit anhub, fühlte ich mich ratlos:

Der ganze Schreibtisch war mit allerlei vollgebeigt, und man wußte gar nicht, wo beginnen.

Heute war ich sehr froh, Rehlein vor einem anstrengenden Dauergast bewahrt zu haben. Etwas, was Buz – hätte er abgehoben – vermutlich verbockt hätte, denn tatsächlich ist es so, daß Rehlein in zwei Tagen nach Ofenbach reisen will.

Es war die Ulrike, die die Fühler nach einem Relaxierungsurlaub in Ofenbach ausstreckte: „Vielleicht sehen wir uns ja!? Ich bin nächste Woche in Wien!" sagte sie unbekümmert und Stimmung auf´s Miteinander schürend.

Geistesgegenwärtig wimmelte ich jedoch schnell ab, und sagte, es sei niemand von uns da, während Buz womöglich begeistert ausgerufen hätte: „Die Eri ist da, und freut sich gewiss! Du kannst da ooooohneweiteres ein paar Wochen bleiben!"

Am Nachmittag fuhr ich in den Klub.

Gegenüber vom Steuerbüro Jensen traf ich die Landschaftsmitarbeiterin Wiebke mit ihrem Söhnchen Yunas. Ich erfuhr, daß der Yunas vom Steuerberater Jensen gezeugt worden ist, und konnte es nicht fassen, zumal ich die Wiebke im Verdacht habe, zu ihrem Ex ein geradezu bedrohliches Verhältnis zu haben, indem sie ihm gar nach dem Leben trachtet. Doch nun standen sie ganz friedlich da, und warteten „auf seinen Vater". Ich erfuhr, daß der kleine Yunas ein eingebildeter Kranker sei, und fand das alles sehr interessant.

„Ich nehm dich mit!" sagte der Knirps auf ungewöhnliche Weise zu mir, obwohl er mich doch gar nicht kannte. Alles was er tut und sagt sei ungewöhnlich und interessant, erfuhr ich. Allerdings hatte ich auch sehr nett „Du kleiner Schatz!" zu ihm gesagt.

Als ich etwa eine Stunde später aus dem Klub trat, war das schöne Wetter wie weggewischt. Graublaue strenge Wolken überzogen das Himmelszelt.

Auf dem Friedhof saß ich noch kurz auf meiner warmgebratenen Stammbank, und trank das sprudelnde Mineralwasser, das mir Rehlein so liebenswürdigerweise mitgegeben hat.

Plötzlich erhob sich ein Wolkengebilde bedrohlich wie ein Berg, und ich stellte mir vor, wie sich die Wolke zu einer Gestalt formt: Rübezahl, der mit der Faust droht...

Rehlein und ich standen noch auf dem Balkon herum und genossen die Stimmung vor dem Gewitter. Später war Rehlein leicht enttäuscht, weil´s halt nur ein harmloses Gewitter war.

„Was haben wir schon für aufregende Gewitter erlebt!" schwärmte Rehlein begeistert, und erinnerte sich an unseren Urlaub in Italien im Jahre 1994, als wir uns im Auto fühlen mußten wie in der Autowaschanlage.

Am frühen Abend sagte Buz auf freudig verheißungsvolle Art zu mir: Wolltest du nicht ein Eis austeilen?"

„Jetzt ist´s doch bereits nach 18 Uhr!" erinnerte ich Buz an sein Diätvorhaben, und Buz war auf eine Art enttäuscht, wie jemand, der noch nicht ganz volljährig ist, und dem die Eltern einen Herzenswunsch abschlagen, den sie ihm zwei Wochen später von Rechts wegen schon nicht mehr abschlagen dürften.

Da dauerte mich der süße Buz, und ich teilte schnell ein Eis aus.

Mich vergnügte die Idee, Buz könne vielleicht denken, ich hätte die Rothfußsche Art geerbt, alles Gemütliche zu verkneippisieren*? Etwas, das an Rehlein zuweilend leicht störend ist.

*Eine Anlehnung an Sebastian Kneipp – den Erfinder der Kneippkur

Dienstag, 3. Juni

Schwül bewölkt

„Wir beide verstehen uns auch ohne Worte!" sagte ich nett und verbindend zur Thekendame „Rita", dieweil sie bei meinem Anblick sofort das Richtige in die Kasse hineingehämmert hat: Eine dampfende Tasse Kaffee, die vor mir selber als Rechtfertigung herhalten solle, mich müßiggängerisch über die Banalitäten der Zeitungen zu beugen.

Ich übte Beethovens Streichtrio op. 9/2, und an einer Stelle im letzten Satz lag es bereits in den Lüften, daß Buz gleich herbeiwetzt, da die Stelle unverständlich klang. Dies hörte ich ja selber. Und tatsächlich: Nebenan jaulte die Bettfederung dahingehend auf, als würde sich der Durmelnde geschwinde erheben, um diesem Unsinn ein Ende zu setzen.

Zum Frühstück schauten wir uns jenen Film über die fromme Schwester Helen an, die ihr Leben einem zum Tode verurteilten Mörder weihte.

Gegen Schluß wurde der Film ergreifend, da er sich nun in doppelter Hinsicht auf das Ende zubewegte. Auf das Film-, aber auch das Lebensende.

Den Tag vor seiner Hinrichtung durfte der Matthew, ein Herr mit einem spitzzulaufend in die Tiefe hängenden Kinnbärtchen, mit seiner Familie verbringen. Zunächst ging es ungezwungen locker her, da ja noch Zeit blieb. Die Brüder erzählten heitere Vorkömnisse aus ihrem Leben, und die Mutter, die sonst immer nur heulte, saß halt so da. Doch dann rann die Zeit, und auf einmal kam eine bedrükkende Stille auf, die mich so an die Stille nach der leicht mißratenen Klavierprüfung meiner Freundin Ute B. erinnert hat.

Niemand wagte auch nur ein Wort zu sagen, denn jedes Wörtchen hätte die sämige Stille unschön zerschnitten.

Dann galt es Abschied zu nehmen.

Im Prinzip war es so, wie am Flughafen, bloß, daß es leider kein Wiedersehen geben würde, und dies ging uns Zuschauern doch sehr nahe.

Ärgerlich und demütigend war, daß mir das Goethe-Institut, das anzuschreiben das süßeste Rehlein angeregt hatte, einfach ohne Begründung absagte. Der steif formulierte Brief war nur mühsam zu deuten.

Wenigstens hatte Dorothea Enderle vom SWF geschrieben, wenn auch dieser Brief lediglich die Botschaft barg, daß sie meine Unterlagen weiterreichen würde. Zum Schluß schrieb sie nett: „Es grüßt Sie herzlich….“

Zur Mittagsstund rief das kochende fröhliche Rehlein mal von unten herauf: „Was machst Du eigentlich die ganze Zeit?“

„Ich arbeite. Schließlich gibt es auch noch einen arbeitenden Teil der Bevölkerung!“ nutzte ich Worte der frommen Violinstudentin Conny aus Trossingen.

Mittags besuchte uns Frau Münch zum Tee, erhob sich jedoch allzu bald wieder, da sie noch den Rasen mähen mußte, und zudem mit ihrem Hund in die Hundeschule strebte.

„Das ist manchmal nötig!" sagte Buz in seiner seltsamen Wellenlänge zu Frau Münch überraschend frisch, und begann ein Psychologat über empörende Hundegeschichten, so daß mich schon eine Bänge bewehte, Buz könne sich eventuell zum dritten Mal im Leben vor Frau Münch in einem Hundekackpsychologat verlieren? Und dies, wo Buz normalerweise nie Hundekackgeschichten erzählt?

Buz referierte darüber, wie es passieren könne, daß man von ungehobelten Hunden besprungen wird, und der Besitzer käme gar nicht auf die Idee, einem eine Reinigung zu finanzieren?

So war es diesmal eigentlich eher eine empörende Hundebesitzergeschichte, und ich dachte mir etwas aus: So, wie Frau Münch mit ihrem kastaniengoldglänzenden Lappohrhund Mascha in die Hundeschule geht, so könnte Rehlein doch theoretisch mit Buzen in die Ehemännerschule gehen?

Am Nachmittag verstand ich mich mit Rehlein so wunderbar. Rehlein litt allerdings sehr unter Reise- bzw. Packfieber, und außerdem mußte bedacht werden, daß in Österreich derzeit gestreikt wird, da Kanzler Schüssel, - einem Lustmolch, der einer Frau an die Wäsche will nicht unähnelnd - den Senioren an die Rente will. (Ein Rentenlustmolch)

Mittwoch, 4. Juni

Zunächst auf eine wie gefegt wirkende Art grau.
Am Abend gab es ein Duschgewitter.
Es war ganz dunkel geworden – doch später schimmerte die Sonne auf Art einer wärmenden elektri-
schen Glühbirne wieder durch,
und es sah unglaublich aus

Heute reisten Buz und Rehlein nach Würzburg.

Ich war allein, wenn auch das Kommen meiner
betagten Bratschenschülerin Frau Schinkes bereits in
den Lüften lag. Doch die Zeit reichte noch, mir einen Krokodilsfilm anzuschauen.

Eine dicke Krokodilsmutti hatte so lange und ge-
duldig auf ihre 60 Eier aufgepasst. Doch als sie *einmal*
nicht aufpasste, und ganz kurz den Sonnenuntergang
genoss, hat eine böse Echse alle ausgesaugt, und an
der Brutstelle lag nur noch ein Häufchen Biomüll!

Fassungslos stand die arme Krokodilsmutti vor
den Trümmern eines Lebenskapitels. Auch ich war
fassungslos, und mitten in meine Fassungslosigkeit
hinein klingelte Frau Schinke.

Gleich zu Beginn der Sitzung beplauderte ich Frau
Schinke damit, daß ich es so rührend fände, daß es
ihr Mann nie lange ohne seine geliebte Geige aushält.
Stolz und Freude über ihren Mann, der seine Gefühle vielleicht nicht unbedingt auf der Zunge trägt,
krochen auf wohlige Weise in Frau Schinke empor.

„Schon kurz nach der Eheschließung wurde mir klar, daß mein Mann [*sich zu Männern hingezogen fühlte*] zum Streichquartett tendierte!" sagte sie. (Das was in eckigen Klammern zu lesen ist, dachte ich kurz auf Déjà-Vu-Ebene – doch handelte es sich diesmal um ein Fehl-Déjà-vu).

Dennoch widmeten wir uns heut ausschließlich dem ersten Satz aus der ersten Bach-Suite, und ich hatte mir in frischem Schwunge vorgenommen, Frau Schinke mit dem ganzen Herzen und so gut wie irgend möglich zu unterrichten.

Rehlein in mir hatte der alten Dame gar einen Stuhl angeboten. Seltsam: Die Streichquartette hatte Frau Schinke stets im Stehen gespielt, weil ich bis heut so unachtsam, und gar nicht auf die Idee gekommen war, einer so alten Dame eine Sitzgelegenheit anzubieten. Die Solo-Suite jedoch durfte sie im Sitzen spielen.

Ich stand hilflos daneben. Fast gierig pflückte ich jedes passende Wort, das in meinem Kopf aufknospelte, sich vielleicht halbwegs pädagogisch anhörte, und die 40 €uro, die bereits auf dem Flügel für mich bereitlagen, rechtfertigen könnte. Frau Schinke ist zu alt, ihre Finger sind steif und arthritisch verbogen, und um sie noch in die Geheimnisse raffinierter und geschmeidiger Fingertechniken einzuweisen, scheint der Zug abgefahren. Es bleibt nicht viel anderes übrig als „zu hoch!" oder „zu tief!" zu rufen, und sich vielleicht Fingersätze oder Bogenstriche auszudenken, die sich dann jedoch bald als unklug erweisen, da sich in Frau Schinkes angestrengtem Denken schwer zu entwirrende Seemannsknoten zu bilden pflegen. Zu pass kam mir heut allerdings, daß Rehleins Bratsche auf dem Flügel lag, und wenn ich wußte, wo der erste Ton liegt, so konnte ich das Ganze butterweich nach dem Gehör spielen, und somit Vorbild sein.

Später - Frau Schinke hatte sich ins wahre Leben hinaus empfohlen - saß ich auf der obersten Treppe im Treppenhaus und schrieb Briefe: Jener an Ming wurde fertig.

Ferner warf ich Briefe ans Lindalein und an meine Kommilitonin Gabi an. (Nach Jahren des Schweigens plötzlich der zweite innerhalb weniger Wochen.)

Beim Brief ans Lindalein ging es mir ein bißchen so, wie es Buzen einst beim Konzertveranstalter Adler ging: Buz hatte sich in ein Seitenthema verbissen, aus dem er einfach nicht mehr herausfand. Den längst verstorbenen Dirigenten Scholz, einen völlig verstaubten gemeinsamen losen Bekannten.

Ich jedoch verbiss mich in das Thema, daß Lindas Bruder Rifflein Kellner von Beruf sei. Einen eher simplen Beruf, den ich jedoch mit einemmale faszinierend fand. Aber womöglich hat die stets in Eile befindliche, und mittlerweile ins Erwachsenenleben hineinverwobene Linda längst vergessen, daß ihr Bruder „Rifflein" heißt, wo er doch in ihrem Kopf unter „M" gespeichert ist? Eines Tages nannte er sich „Maikl", da er es überdrüssig war, seine Wurzeln zu erklären - so daß mein Schrieb unter diesem Aspekt unverständlich wirken dürfte?

Dann klingelte es, und der Christoph kam zu Besuch. Was sein genaues Anliegen war, weiß ich bis heute nicht, da ich ihn nach Art einer liebeshungrigen einsamen Frau einfach in die Wohnung hinein<u>sog</u>, und gleich mit Rehleins köstlicher Fischsuppe bewirtete und zwangsbeglückte.

Über meine Frisur, die meist ganz von alleine unordentlich wird, hatte ich mich heute bereits gegrämt, und nun kämmte ich wild daran herum, und bat den Christoph neckisch: „Halt!" zu rufen, sobald sie ihm gefällt.

Dann kam die Maria hinzu, und mein erster Eindruck, daß die Wellenlänge zwischen Christoph und Maria etwas hemmend und zögerlich sei, bestätigte sich auch heute. Aber dann fand man doch noch ein verbindendes Thema: Den hohen Unfreundlichkeitspegel der Konzertmeisterin im Kammerorchester.

Die Maria erzählte, wie sie damals höflich bei der Konzertmeisterin vorgesprochen, und um Bratschenunterricht angesucht habe:

„Herr König hat gesagt, Sie würden eventuell seine Schüler übernehmen?"

„Ja?!" (fragend und sauertöpfisch), und die kleine Miriam sagt noch heute, wenn man die Konzertmeisterin in der Stadt aufblitzen sieht: „Mama, sssau!

Die böse Geigenlehrerin!" und fährt dazu den Zeigefinger aus.

In der Bratschenstunde erzählte die Maria von
ihrem Cousin, dem der Führerschein wegen Trun-
kenheit am Steuer abgezwackt wurde. Er hat ihn
leider nicht zurückbekommen, weil er den Idioten-
test nicht bestanden hat.

Donnerstag, 5. Juni

Zunächst grau und herb
und sogar ein bißchen nieselig.
Doch gegen Abend wurde es lieblich

Ich träumte:

An einem windig herben Tag war ich in Meldorf eingetroffen, um ein Solokonzert abzuhalten. Ich frug den früh gealterten, mageren Kirchenbediensteten Paul N. ganz höflich, ob ich zu einer bestimmten Zeit zum Proben in die Kirche dürfe? Doch der nervöse Herr geriet durch diese Frage ein bißchen aus der Fassung, da es eben nicht ging. Ich setzte mich auf den Kofferraum eines parkenden Autos und unterhielt mich sehr verbindend mit diesem Herrn darüber, daß einen so manch eine Frage tatsächlich aus der Fassung bringen kann. Das Auto, auf dem ich saß, fuhr plötzlich los und wurde immer schneller, so daß ich die Antwort des Herrn gar nicht mehr verstand! Etwas, das höchst unhöflich wirkte.

Am Morgen kaufte ich mir den *Stern*, um die Serie über das Seelenleben weiterzulesen. Heute mit dem Thema: „Wut und Verärgerung".

Zum Frühstück schaute ich einen Film, der trotz zäher Passagen zu Beginn nicht ganz schlecht war: Folgende, nicht unansprechende Themen wurden miteinander verquirlt: Die Oper „La Wally" (sagenhaft interpretiert) und „schwuler Dirigent mit Sohnkonflikt – Hirntumor – Exitus!" Und der Sohn war so unerhört arrogant, und sah auch unerhört arrogant aus.

Am Vormittag hagelte es Anrufe für mich, und ich freute mich einsamkeitsbedingt über jeden einzelnen: Einer kam zum Beispiel vom Kirchenmusiker Siuts aus Wienhausen, und zu meiner Überraschung war Herr Siuts so nett, und lobte meine CD, die er mir bald zurückschicken wolle.

„Das brauchen Sie nicht!" sprach Buz in zärtlich gerührter Wärme *aus* mir.

Der Kirchenmusiker Siuts erzählte, daß eine Kulturdame bei ihnen sich leider nicht überzeugen ließ.

„Wollen Sie etwa ein Konkurrenzunternehmen starten?" habe sie ganz irritiert gefragt.

Dann aber verwies er auf die in der Region bekannte Geigerin „Ute Lagemann", zu der man in Kontakt treten könne.

„Ist Ihnen dieser Name ein Begriff?"

„Dieser Name ist mir in der Tat ein Begriff. Ich kenne sogar jemanden, der einst in sie verliebt war!" sagte ich geheimnisvoll.

Dann rief meine liebe Freundin Thekla an, die meinen Brief bekommen hatte. Sie hätte mich gern zum Schwimmen mitgenommen, doch mir waren bereits andere Pläne in den Kopf getreten: Zum Beispiel nach Fischerhude zu reisen.

Eine Idee, die sich auch sehr leicht wieder zerdenken ließ. Nachher reise ich hin, um die kleine Ludmilla plärren zu hören? Und dennoch gefiel mir der Gedanke.

Ich erfuhr, daß der kleine Mats eine Kur in Mecklenburg Vorpommern bewilligt bekommen hat, dieweil er so furchtbar dick ist.

„Zehn Kilo weniger würden deutlich ästhetischer ausschauen!" wagte die Tante Thekla eine Prognose, da der Knirps im Schwimmbad ständig gehänselt wird.

Einmal rief Herr Schein (der Manager vom Gitarrenmessias Bungarten) an, und ich erfuhr, daß 2000€ für einen Abend mit dem Bungarten die Norm seien.

Herr Schein, wenn zwar nicht unnett, sprach über den Bungarten so, als wenn´s ein geheimnisvoller Heiliger vom Schlage eines Stockhausens sei. Er sagt immer nur „Bungarten", so wie man nur „Beethoven" zu sagen pflegt. Solchermaßen als sei dies ein in sich abgerundeter Name, der jedem halbwegs kultivierten Menschen ein Begriff sein sollte.

Bald beschwappte mich schon wieder die Idee, Kontakt zu Ute Lagemann aufzunehmen, da ihr Name mir durch größten Zufall und auf geheimnisvolle Weise immer wieder begegnet. Ein Phantom in meinem Leben. **Nachtrag 2022: Leider hab ich´s bis heute nicht gemacht.**

Zum Tee schaute ich mir schon wieder einen Fall von Richter Guido Neumann an:

Ein Herr hatte seiner Freundin die Brustvergrößerung gezahlt, um ihre Komplexe zu lindern. Doch kaum war die Brust vergrößert, da suchte sie sich einen Neuen! Eine empörende Geschichte, doch die Klage wurde einfach abgewiesen.

Freitag, 6. Juni

Sonnig

Im Traume *schrillte laut das Telefon. Heidi A. war´s, die nach Buzen verlangte. Ich stellte das Telefon laut, und man hörte die Heidi durch den Hörer schluchzen, dieweil dieses Telefonat als endgültiges Abschiedstelefonat konzipiert war. Hernach würde bis zum Lebensende Stille herrschen. Unkontrolliertes und immer lauter werdendes Schluchzen durchbebte den Hörer und schien ihn in einen Duschkopf zu verwandeln aus dem die salzigen Tränen einer weinenden jungen Frau herausquollen. Plötzlich rief sie überraschend heftig aus: „Herr König, ich liebe Sie!!! Huuuh-huuuh!" Buz konnte*

emotional gar nicht mit diesen Worten umgehen und sagte
demgemäß gar nichts...

Zurück zum wahren Leben: Zuerst saß ich da,
trank Caro-Kaffee und schaute fern – etwas, das ich
dann nach meinem fleißigen Geübe auf der Violine
fortgesetzt habe.

Ich schaute den US-Film über die 16-jährige Cheryl
weiter, die ihren zugegebenermaßen etwas sonderbaren Vater einfach durch einen Klassenkameraden
erschießen ließ. Das mit dem sexuellen Mißbrauch
glaubte ihr niemand. Sie tat´s aus reiner Bosheit –
worüber auch das Kreuzerl in ihrem Dekoltée und
das Bekenntnis zu JESUS CHRISTUS nicht hinweg-
täuschen konnte. Doch sie bekam lediglich 5 ½ Jahre
Knast aufgebrummt, von denen sie nur ein halbes
Jahr absitzen mußte.

Nach einer Weile rief mich der treue Buz an.

„Was hast du erlebt?" frug ich neugierig, da meine
Gedanken rund um die Uhr an meinen Eltern kle-
ben, die ich innigst und leidenschaftlichst liebe, und
die Worte von Herrn Reimer, („Die Lösung heißt
Lösung!") die dem Zwecke dienen sollten, mich
endlich von den Eltern zu lösen, bislang keinerlei
Wirkung gezeigt haben.

Ich stellte diese im Grunde unsinnige Frage,
obwohl Buz darauf seit Jahr und Tag die selbe Antwort gibt. „Nichts. Ich habe untergerochen*, und
Du?! (Nett und ein wenig albern in einem.)

Dann ging Buz aber doch noch ein bißchen ins Detail, und erzählte, daß er die Lisa unterrichtet, und Selbige hervorragend gespielt habe.

„So sollte man nach der Dichterschule von Mark Twain nicht erzählen!" referierte ich bedeutsam. Das ist ja so, als wolle man in einem Brief schreiben: „Wir haben hervorragend gegessen!" so daß sich der Lesende ganz ausgegrenzt fühlt, da diese simple Beschreibung nichts aussagt, und so wirkt, als wolle man dieses Schriftstück so schnell als möglich vom Tische haben.

*Das Wörtchen „unterrichtet" in scherzhaft verbogener Form, wie Buz es gerne anbringt

Mittags schnürte ich mir ein Picknickbündel: Ich belegte zwei schuhsohlenförmige Schinkenbrotlappen mit kleinen Knoblauchplättchen, klebte sie zusammen, und bereitete mir darüber hinaus auch noch eine Teebombe zu.

Mein Radl sollte mich durch die sonnige Wärme zum Friedhof in Wallinghausen tragen. Ich hatte sogar erwogen, unsere alten Freunde, die Jansens zu besuchen, und nach diesem Besuch wie selbstverständlich jeden Tag zu Besuch zu kommen. In drei Familien könnte ich mich auf dem Wege nach Wallinghausen einnisten.

„Ich suche ein bißchen menschliche Wärme und Geborgenheit!" könnte ich beispielsweise sagen.

Bei Müllers, Jansens oder Baumgarts. (Strohverwaisten alterwerdenden Eltern) Doch aus Mangel an Geselligkeit blieb´s allein beim Gedanken.

Ich fuhr an meinen beiden Stammpferden vorbei. Das eine Pferd wackelte nicht mehr mit dem Haupt, und hat somit irgendwann zwischen dem letzten Besuch und heute damit aufgehört, sich wie ein vergessenes Taktell zu verhalten, das immer weiterschwingt.

Leider fand ich auf dem Friedhof keine Ruhe, da sich jede einzelne Bank in unmittelbarer Nähe eines jätenden oder gießenden arbeitswütigen Hinterbliebenen befand.

Außerdem lärmte ein Grasabzupfsbagger.

Abends rief ich Herrn Großmann an und erfuhr, daß er bis Dienstag Strohwitwer sei. Etwas, das sich trotz all der ehelichen Turbulenzen, die dafür sorgen daß ihm nie zu wohl wird, seltsam anfühle.

Ich wollte wissen, was er wohl heute abend vorhabe? Tatsächlich hatte er bereits erwogen, essen zu gehen. Doch er befürchtete, daß er dann ganz einsam dasitzen könnte. Dann lachte er laut und dröhnend, weil ich gemeint hatte, nach zehn Minuten würde sich ein Pin-up-girl zu ihm gesellen.

Leicht anmacherisch schlug ich sogar vor, daß jeder von uns eine Stunde lang mit dem Auto fährt, so daß wir auf halber Höhe gemeinsam ein Picknick machen könnten.

Am Abend telefonierte ich mit meinen Lieben in Ofenbach.

Ich erfuhr, daß das Julchen morgen nach Ofenbach fährt, und peinlich für mich wäre es somit, wenn die Ulrike genau in jenem Zug säße, und somit erfahren würde, daß Rehlein bald nach Ofenbach reist.

Samstag, 7. Juni

Sonnig. Doch hie und da auch schwül bewölkt

Heute war ich mit meiner lieben Freundin Thekla zum Frühstück im Zentralcafé verabredet. Die Thekla duftete so gut, und wir setzten uns ans Fenster, durch das man auf den Marktplatz blicken konnte.

Die Thekla bestellte sich einen Kaffee, doch in meiner Erinnerung ist der Zentralcaféskaffee von einmaliger Scheußlichkeit. Bitter und viel zu stark – allein beim Gedanken daran verzog sich mein Gesicht auf unschönste Weise.

Doch der Tee, den ich nun bestellte, war leider auch nicht besser, und nach kurzer Zeit wurde mir sogar teeübel, so daß ich die Toilettenräume stürmen mußte, um mich zu erbrechen.

Nachdem ich zurückgekehrt war, als sei nichts gewesen, lag das Käsebrötchen, das ich gegen den leeren Magen bestellt hatte, schon da, und den Käselappen hatte man mir zu Ehren so hübsch in Form eines Tannenbaums geschnitten, und mit Gurken-scheiben geschmückt. Allerliebst!

Wir sprachen über Friedel und Monika.

Der Friedel befindet sich auf der Suche nach einem dauerhaften und stabilen Glück, und hat sich neben der Monika auch noch mit anderen Frauen getroffen, wie eines Tages unverhofft ans Tageslicht kam: Die Monika wurde von der mitleidigen Dorli angerufen.

Der Dorli, als ehemaliger Neuer an der Seite vom Friedel, und nun zu einer simplen Nachbarin zurückgestuft, war nicht verborgen geblieben, daß die verliebte Monika dem Friedel jeden Tag einen herz-verzierten Liebesbrief schickte.

Dies konnte die Dorli einfach nicht mehr mitansehen.

„Ich weiß, ich sollte mich raushalten!" räumte sie am Telefon zerknirscht ein, „aber ich konnte es einfach nicht mehr mit ansehen…"

Nach einer Weile stürmten zwei junge Mädchen das Café, und erst nach einigen Sekunden schnallte ich, daß die eine die Tochter von der Thekla war. Sie heißt Christina und ist zu einem bildschönen jungen Fräulein erblüht. Sie und ihre Freundin Nina waren zum Kleiderschoppen unterwegs, und als Mutti Thekla mal kurz ins Häusl entschwand, wußte ich mir mit den jungen Dingern leider nicht viel zu erzählen, dieweil sie so anders sind als ich, und derzeit nur Mode und ihre „Dreamboys" im Kopf haben.

Später bereitete es mir Pein, mich von der Thekla zu lösen, weil es sich so seltsam anfühlt, wenn eine Sitzung, der man entgegengelebt hat, einfach um ist!

Ich kaufte auf dem Markt ein, und traf die ganze Familie B. Die eine Tochter trägt mittlerweile einen Zwicker und hat hinzu ein kleines, halbkoreanisches Kind, dessen große schwarze Nasenlöcher so plakativ mitten im Gesicht stehen, und es darüber hinaus auch noch etwas mondkalbsartig Undefinierbares ausstrahlt.

Daheim freute ich mich sehr über die Post, doch die Freude schrumpfte rasch zusammen, denn unter dem Strich kam eigentlich nur der Vertrag aus Zwickau, auf dem hinzu zu lesen steht: „Für Reisespesen und Unterkunft hat der Künstler Sorge zu tragen", und dabei stand in dem persönlichen Brief des Vorsitzenden doch klar und deutlich, daß die Schumann-Gesellschaft dafür Sorge trüge. Welch trügerischer Satz!

Dies verdroß mich, und beim Gang durch die Schwüle zur KFZ-Stätte klang das Antwortschreiben, das in meinem Kopf ausgebrütet wurde, demgemäß grantig und verärgert.

In der Werkstatt selber jedoch ging ich mit mir ins Gebet: Man solle doch wohl den Blick für das Schöne schärfen, und die KFZ-Eheleute Freese waren so nett, daß ich gerne zu ihnen gezogen wäre, wenn mich auch der Rauhhaardackel „Utz" so unschön bekläffte.

Als ich auf der Rolltreppe zum „Wal-Mart" hinab-fuhr, schaute ich mir die Männer an, und dachte händeringend: „Ich muß mich doch mal wieder ver-lieben!" Jeden einzelnen Herrn stellte ich mir als den Neuen an meiner Seite vor, in den ich mich krampf-haft und rasend – nur um der Verliebtheit willen – verliebt habe.

Dann wiederum stellte ich mir vor, *wie die Tochter von Herrn Röbel, eine Mutter von fünf Kindern, dem Friedel mit Haut und Haaren restlos verfällt.*

Sie liebte ihn schon früher, doch da er ihre Liebe nicht erwiderte, heiratete sie zum Troste einen reichen Mann, über den der geldliebende Pfarrer Röbel äußerst glücklich ist.

Der Inka geht es wie manch anderer Ehefrau: „Ich liebe ihn – aber ich würde ihn gerne noch mehr lieben!" denkt sie über ihren arbeitsamen Ehemann, der fast immer aushäusig ist. „Irgendjemand muß ja das Geld anschaffen!" sagt er. Doch es klingt halbseiden.

Wie eine Krankheit nistet der Friedel in Inkas Hirngewebe.

„Ein heißes Fieber hat mich gepackt!" notiert sie abends in ihr Tagebuch. Der Friedel verscheucht jeden anderen Gedan-ken. Dann klingelt es an Friedels Türe:

In strömendem Regen steht die Inka…

Im Schreibwarenladen kaufte ich mir eine Routen-planer-CD für 19 € 95.

Daheim ließ sie sich jedoch nicht installieren, und während ich mich noch darüber ärgerte, erwachte mein anderer Routenplaner zum Leben, indem er sich völlig überraschend doch installieren ließ. Und kaum hatte ich mich darüber zuende gefreut, da bemerkte ich, daß er nun zwar installiert war, man jedoch nichts damit anfangen konnte, und als ich ihn wieder deinstallieren wollte, ließ er sich nicht mehr deinstallieren.

Am Nachmittag plauderte ich mit Rehleins steirischer Großkusine Nani in Graz, der ich zum 30. Hochzeitstag gratulierte. Ich erfuhr, daß Nanis Ehe mit einem Ägypter namens Essad auch nach dreißig Jahren Bestand hat, und noch immer „gut" sei.

„Gut oder fantastisch?" zeigte ich mich neugierig.

„Gut. Wie ein guter alter Wein!"

Ich spürte Nannis Rührung durch den Telefondraht, als ich erzählte, daß ich der Omi Mobbl, damals vor fünf Jahren, als sie der Nani ein Brieflein zur Silberhochzeit schrieb, den altersbedingt leicht ausgeleierten Armspeck gestützt hatte, dieweil er so in die Tiefe hing, und beim Schreiben ein wenig wackelte. Und auch nach fünf Jahren spürte ich noch immer den wunderbaren trockenen und kühlen Armspeck Mobblns.

Am Abend besuchte ich die Försters in ihrem gemütlichen Dreiparteienhäuslein an der Ostfrieslandpromenade. Ich fürchte, Rehlein hätte dieser

Besuch nicht sehr gefallen, denn der Apollo kläffte so durchdringend und markerschütternd: Mal kläffte er, weil jemand ging, mal kläffte er, weil jemand kam, und Mutti Förster hatte unzählige Kinder eingeladen, die nun jodelnd und kreischend ein- und ausstürmten.

Gewisse Aspekte dieser Wohnung gefielen mir ausnehmend gut: Ein jeder hat ein hohes, helles schönes großes Zimmer, und der süße kleine Henning spielte mir begeistert auf der Geige vor, um zu zeigen, was er bei Herrn König gelernt hat.

Die Gesche hat dem Henning zum Geburtstag einen Turner geschnitzt, der an einem Doppelreck allerlei Kunststücke vollführen kann. Doch der kleine Henning bekam das wunderschöne Geschenk mit großer Verspätung: Als er nämlich schon fast wieder Geburtstag hatte. Trotzdem sagte er sehr nett darüber: „Dafür bekommt sie von mir eine Eins mit 52 Sternchen!"

Die Küche fand ich ebenfalls wunderschön. Hell und freundlich.

Mutti Förster, die immer sehr um das Wohl der Gäste besorgt ist, buk Waffeln.

Die Gesche trat in die Küche, und wollte in nörgeligem Tonfall von ihrer Mutti wissen, wen sie noch anrufen könne? Leider langweilt sie sich sehr leicht, wie Mutti Förster nun seufzend berichtete.

Langeweile wiederum kennt der kleine Henning gar nicht. Er holte das Schülerlexikon hervor, und ich erfuhr daß er z.Zt. von allen Ländern die Quadratkilometer auswendig lernt.

„Das ist gut so! Denn wenn mal jemand die Quadratkilometerzahl von Shuan Dong wissen möchte, so sollte dies wie aus der Pistole geschossen kommen!" ließ ich scherzend den Opa in mir zu Wort kommen.

Ferner erfuhr ich, daß Mutti Förster noch vier Jahre lang studieren muß, und zur Zeit eine EU (Erwerbsunfähigkeits-)rente bezieht, dieweil sie Probleme mit dem Rücken hat, und demnächst sogar operiert werden muß.

Nach einer Weile kamen „Gronewolds":

Eine Familie mit vier Kindern, die auf eine Weise in die Wohnstube geschwemmt wurde, als habe man einen Sack geöffnet. Die Wohnstube wurde komprimiert, und ich betrachtete die Frischankömmlinge: Ein häßliches Mädchen mit Brille und Pferdeschwanz, auf deren Zügen sich unvorteilhaft eine große Bockigkeit spiegelte. Gemischt mit Spuren von Neid und Mißgunst.

Ein lebhafter Junge, dessen Zähne einzeln und mit einem übertriebenen Abstand zu den Nachbarsszenen aus dem Zahnfleisch sprossen.

Die Frau: Ein Fitnesshäschen wie aus einer amerikanischen Seifenoper, und ein nervöser graumelierter Mann, der nicht viel sagte, und den das laute keifende Gekläff vom Apollo höchst nervös stimmte, obwohl die Gasteshöflichkeit gebot, darüber hinwegzusehen.

Zu den Gronewolds hatte ich in fast schon beäng-
stigender Weise nicht den geringsten Draht. Mir
schien´s direkt so, als sei ich einfach aus ihren Wahr-
nehmungen herausgefiltert.

Nach einer Weile empfahl ich mich. Gewisse Aspekte des Besuchs hatten mir gefallen, und doch ging
es mir beim Heimradeln so, wie dem Prof. W. nach
seiner Scheidung und anschließenden Eheschließung
mit einer Studentin: „Die Ruhe nach dem vorange-
gangenen Lärm tut uns wohl" (so zumindest schrieb
er auf die Dankeskärtchen für die Hochzeitsbe-
glückwünschungen.)
Zum Zeitvertreib malte ich mir aus, *wie es an der
Türe von Frau Förster klingelt. Draußen steht ihr libanesi-
scher Ehemann, der nun nach Art vom Yossi ständig um
Verzeihung bittet, und versucht sich wieder ganz und gar in
ihr Leben zu schmiegen, um an lang vergangene Zeiten anzuknüpfen.*

Sonntag, 8. Juni

Zunächst sonnig stickig, dann grämlich bewölkt.
Schließlich ein Gewitter.
Hernach lichtete es sich wieder etwas auf

Vollkommen ziel- und planlos, und leider auch bar
jeglicher Fröhe, schlief ich in einen ganz einsamen

leeren sonnigen Sonntag hinein – den Pfingstsonn-
tag.

Mir träumte, *daß ich bei Dunkelheit auf einen Pfarrer
wartete, der mich zu einem Mittagessen in einen nahegelegenen
Gasthof eingeladen hatte. Doch er kam nicht.*

*Stattdessen lief das Ehepaar Kuhn vorbei. Ich schloß mich
den Eheleuten an, und setzte meinen Lebensweg an ihrer Seite
fort.*

*Als wir am Schloßcafé vorbeiliefen, sah ich durch ein Fen-
ster, daß der Pfarrer, auf den ich so lange gewartet hatte, mit
einer anderen Dame, von der man nur die Rückseite kennenlernen durfte, beim Essen saß.*

*Dorthin begab ich mich nun, und der Geistliche bot mir
gleich einen heißen, selbstkreiierten Orangenpunsch in einem
goldenen Behältnis an.*

Schließlich erhob ich mich aus einer gewissen
Schlafübersättigung heraus, doch der Tag gestaltete
sich mühsam.

Einmal loste ich aus, Andi und Lisel anzurufen,
und fühlte sogar leichtes Lampenfieber vor diesem
Telefonat.

„Das fehlte gerade noch, daß mich ein Telefonge-
spräch mit den engsten Verwandten nervös stimmt!"
dachte ich noch, und obwohl ich die Verwandten
liebe, erwartete ich mir davon kein übermäßiges
Vergnügen. Ich erwartete ein etwas schwerfälliges
Erörtern des Wohlergehungsgrades, verbunden mit
Aufzählungen eventueller alterskonformen Unter-
nehmungen – sprich – Gartenarbeiten, Konzert-
oder Restaurantbesuchen. Zur Lisel habe ich als Frau

ja leider eine etwas indifferente Wellenlänge in dem Sinne, daß sie am Ende der Leitung vielleicht eine etwas „verwunderte" Ausstrahlung bekommt. Gibt es einen bestimmten Grund, warum ich anrufe? Man ruft doch nicht einfach so an, und ich schon gar nicht!

Natürlich könnte man die Tante Lisel durch den Hörer hindurch packen und schütteln, und sie fragen, warum sie nicht jene Ausstrahlung habe, wie man sie sich von einer Tante erwarten dürfe? Daß man sich verbal an ihren großen, weichen Busen schmiegen, und ihr seine kleinen Geheimnisse und Kümernisse anvertrauen könne?

Doch niemand hob ab – und so sprach ich nur ein paar Freundlichkeiten auf den Anrufbeantworter.

Oben auf der Treppe sitzend, schrieb ich zehn Minuten lang einen Brief ans Lindalein.

Ich entblätterte mein Seelenleben dahingehend, daß ich ihr schrieb, daß ich sie an ihrem Geburtstag nicht angerufen habe, obwohl ich ganz viel Zeit hatte. Doch ich hatte Angst, mich hinterher traurig zu fühlen.

Draußen bewölkte es sich grünlich. Blätter wurden aufgewirbelt, und ein Tornado lag in den Lüften.

Montag, 9. Juni

Sonnig. Zunächst noch mit weißen Wolken beklek-
    kert, doch am Abend sah´s sagenhaft aus

Einmal rief der erfreute Jochen Prusch aus Tübingen an, nachdem ich ihm neulich nett und frisch
auf´s Band geplappert hatte, und die Freundlichkeit
einer im Glücke badenden höheren Tochter offen-
barte sich von meiner Seite aus auch heut.

Jochen Prusch meinte, daß die Literatur für Geige
& Gitarre heutzutage niemanden mehr hinter dem
Ofen hervorlocke. „Paganini & Carulli", ließ er die
klangvollen Namen zweier Komponisten gekonnt
über seine Zunge rattern. Er tat´s auf eine Weise, als
würde sich nach dem Namen Carulli eine endlose
Kahlfläche erstrecken, wo man vergebens nach Gold
stochern würde.

Über seine eigenhändig bearbeiteten Werke von
Bach gab er freudig Auskunft, und ich erfuhr, daß er,
der ein Duo mit dem Gitarrenlehrer Higi gegründet
hat, sich für einen Posten als Violinprofessor in
Trossingen beworben habe.

Stellvertretend für die Sinne vom Direktor Reimer
öffnete sich in meinem Kopf ein Doc, in welchem all
diese seltsamen Bewerber für Geige gespeichert sind.
Doch Herr Reimer ist ja strenggenommen auch seltsam, wenn auch auf gänzlich andere Art und Weise.
Er als Direktor empfindet sich als Schirmherr über
Leben & Tod – als erster Mann im Lande.

Heut wollte ich mich mit dem einsamen Strohwitwer Herrn Großmann auf halber Höhe treffen,
obwohl ich keinen Zugriff zu dem Gefühl hatte, ob
ich wohl wirklich Lust darauf habe?

Sogar auf die Idee, Frau Münch zu aktivieren und
mitzunehmen war ich gekommen, auch wenn dies
höchst seltsam wirken würde. Zuerst sieht's aus, als
strebe ein einsames Frauenzimmer eine kleine Ro-
manze an, und dann bringt sie ihre Sekretärin mit?

Im Geiste hatte ich mir schon ausgemalt, *wie ich
Frau Münch am Telefon sage: „Stellense sich vor: Die Inga
hat ihren Achim einfach verlassen! Auf dem Frühstückstisch
lag ein Zettel mit dürren Worten: Suche mich nicht. Danke
für alles! Inga*

Zu meiner Überraschung hob die kleine Judith ab,
als ich anrief. Die vernünftig und resolut Gewordene
verabschiedete sich nach einigen höflichen Sätzen
auch schon mit einem zwar nicht unherzlichen, so
doch knappen „Tschüss!“

Von Vati Achim erfuhr ich, daß man gestern im
Rahmen eines Gitarrenfestivals ein Konzert besucht
habe, das leider nicht sehr gut war. Ein amerikani-
scher Gitarrist, der extra aus Amerika eingeflogen
wurde, habe gezupft, und der Achim konnte sich gar
nicht mehr einkriegen, wie hundsmißerabel es gewesen sei!

„Da geh ich doch lieber in die Oper oder ins Thea-
ter – oder mit Dir eine Pizza essen!“ rief er erschüttert aus, weil es ihm immer so ein bleibendes Unbe-

hagen bereitet, wenn er ein schlechtes Konzert gehört hat.

Die kleine Judith hatte ihre Geige herbeigeholt, und zupfte mir durch den Hörer ein paar leere Saiten vor. Dies hörte sich – zumindest durch den Duschkopf – nicht schlecht an.

„Das tut mir jetzt leid, daß es sich für Dich so grauenhaft anhört!" sagte der Achim ein bißchen unpädagogisch, doch ich wiederum meinte, die Judith könnte den Sprung auf die großen Bühnen dieser Welt schaffen. Dann aber könne es durchaus passieren, daß sie später in einem Interview sagt: „Meine Familie ist ganz unmusikalisch. Naja, mein Vater hat ein bißchen Gitarre gezupft. So für den Hausgebrauch…"

Als ich aufgelegt hatte, hätte ich im Schwung des Geschehens am liebsten nochmal angerufen, und es könnte sein, daß es schon bald eine neue, nicht abschüttelbare Gewohnheit von mir wird, nach jedem Telefonat sofort nochmals zurückzurufen, weil mich das Gefühl martert, etwas Kränkendes gesagt zu haben, und daß der Abschied womöglich nicht herzlich genug war?

Einmal rief mich der treue Buz an, und ich stand da, und plabberte etwas infantil auf den gutmütig Gestimmten ein: Z.B., daß ich wieder nach Trossingen zurückwandern wolle, weil mir die Menschen dort besser lägen. Doch nach einer Weile kam mir mein eigenes Geplapper so vor, als würde ich durch meine Einsamkeit langsam wunderlich.

Am Nachmittag übte ich, und zog aus der Auswendiglernerei des Werks von Bach/Prusch (ein für die Solovioline umgeschriebenes Klavierwerk) viel Freude und Befriedigung, so daß ich mir beim Üben sogar ausmalte, verschiedene Leute anzurufen und zu sagen: „Ich hab heut ein neues Lied gelernt! Darf ich´s dir durch den Hörer vorspielen?"

Oder ich stellte mir vor, *der junge Maxim Vengerow* bekäme dieses Werk von seinem Papi mit dem Riemen eingebläut! („Wir haben noch mit dem Riemen gelernt. Qualität beginnt mit „Qual").*

Immer wenn der Vater meint, „es sitzt", geht er mit dem Sohn die Stiegen hinab, um die Früchte der gemeinsamen Arbeit den teetrinkenden Verwandten zu präsentieren, und wenn sich dann doch ein Fehler einschleicht, ruft der Vater erschüttert und enttäuscht: „Oooooh!" (so wie einst der Opa, wenn man das Lateinische noch nicht intus hatte.)
*Bedeutender Violinist aus Sibirien

Dienstag, 10. Juni

Z.T. etwas grau und bräunlich verquollen.
Hie und da ein Aufregnen

Am Morgen packte ich den Tag gleich an den Hörnern, um mit der Tagesgestaltung zu beginnen.

Ich übte den letzten Satz von Beethovens Trio op. 9/2, spielte jedoch leider nur mittelmäßig in jenem Sinne, daß man beim aufmerksam kritischen Mithören bei fast jedem Ton denken würde, man könne – nein, man solle! - ihn besser gestalten.

Ich beruhigte mich aber damit, daß es vielleicht so abläuft, wie bei der Schrift: An manchen Tagen wirkt meine Schrift kratzig und unfein, und an anderen Tagen wiederum, zeigt sich „das Blutbild der Seele" geschmeidig und elegant.

Ich bemerkte auch, wie schon so oft, daß mir jene Gabe von Anne-Sophie Mutter – jedweden störenden Gedanken einfach auszuschalten – doch sehr abgeht. „Jetzt habe ich zum Beispiel grad an die Monika gedacht!" schalt ich mich, „wie sie nämlich verärgert auf meinen geliebten Vetter Friedel ist, und zu ihrer Schwester gesagt habe: „Nein danke! So ein „Kind" hatte ich schon mal."

Auf dem Wege in die Stadt grüßte ich Frau Möller nur kurz im Vorüberradeln, und dabei hatte ich genau gesehen, wie das Gesicht der gestressten Lehrerin von einem ganz warmen Lächeln beleuchtet worden war. Ich radelte weiter, und knabberte innerlich an meiner eiligen Kurzangebundenheit herum, denn strenggenommen gab´s dafür keine Entschuldigung.

„Da hilft eventuell nur ein gnadenlos ehrliches Geständnis!" dachte ich sogar bei meiner Rückradelung durch die Glupe, „daß ich menschlich vollkommen versagt habe!"

Ich schärfte meinen Blick, und hoffte Frau Möller nochmals zu sehen. Tatsächlich entpuppte sich ein kleines Kügelchen in der Ferne im Herannahen als die Herbeigesehnte.

Diesmal radelte ich ihr offen und freundlich entgegen.

Ich erzählte von meiner bevorstehenden Reise ins Emsland und erfuhr im Gegenzuge, daß es dort sicherlich viele kulturinteressierte Leute gäbe.

Daheim ärgerte ich mich wie alle Tage über die magere Postausbeute, und las somit im *Stern* über den Ärger, der ja die Gesundheit angreift, und der somit zu bekämpfen wäre. Zum Beispiel indem man ein Ärgertagebuch führt, und seinen Ärger analysiert.

„War es das wirklich wert, mich *hierüber* ärgern?" solle man sich gnadenlos fragen.

Oberflächlich gesehen (laut Stern-Test) bin ich ein ruhiger Mensch, der sehr gut mit Ärger umzugehen versteht, doch wenn die von der Redaktion wüssten, über *was* ich mich ärgere?

Ich ärgere mich maßlos über Leute, die ihre Briefe betont knapp und beamtlich halten und dem Empfänger das Gefühl vermitteln, dies sei eine Arbeit gewesen, die man so rasch als möglich vom Schreibtisch haben wolle – so bald wird auch kein neuer Brief mehr nachgeschoben.

Daß es den Briefschreibenden gar kein Herzensbedürfnis ist, mit dem Angeschriebenen in menschlich verbindenden Kontakt zu treten?

Maßlos ärgern mich auch jene Leute die ihre Briefe mit einem plumpen „Anbei….“ einfädeln. Netter fände ich es, wenn jemand seine Geschäftsbriefe nach Art von Rehlein begänne: „Sehr geehrter Herr…. Sie stehen ganz oben auf meiner Liste an zu Erledigendem! Wie oft hatte ich mir bereits einen Kugelschreiber zusammengesucht, und im Geiste einen ersten Satz vorformuliert! Doch dann klingelt das Telefon, dann will mein Mann wieder etwas, meine Bratsche liegt ungenutzt im Kasten, und müsste dringend mal wieder zur Hand genommen werden – naja, Sie kennen Dererlei… Langer Rede kurzer Sinn….“

Durch mein Auslosesystem steht mir meist ein höchst interessanter und abwechslungsreicher Tag bevor. Ich stellte mir vor, wie ich die „5“ (einen Besuch machen) auslose, und Frau Saathoff besuchen *muß*, und wie ich unter einem Vorwand komme, der von Frau Saathoff selber stammen könnte.

Man denkt sich immer so nette Dinge aus, doch wenn dann tatsächlich die „5“ zum Zuge kommt, so ist´s einem um sein bißl Zeit zu schad.

Stattdessen kam die 3: Karrieretätigkeiten.

Ich schrieb einen Brief an Frau Hildegard Steinfels, und ein bißchen ging mir in diesem Schreiben gewisserweise der Gaul durch, indem ich einen für eine Geigerin gänzlich untypischen Satz niedertippte:

„Ich bin ein sehr angenehmer Gast mit japanischen Umgangsformen!“

Wunderlich, aber im Grunde auch zum Lachen geriet mein Brief an Herrn Prusch. Ich schrieb z.B., daß Geiger, sprich Artgenossen, nur selten Gefallen aneinander fänden. Man kann es selber, und würde alles anders machen.

Herr Prusch *ist vielleicht ein etwas verschrobener Mensch, der derzeit eine Frau sucht, und seine Hoffnung in eine jüngst erschienene Anzeige in der ZEIT setzt.*

„Zu meinem Glück fehlt mir eine liebende Gattin!"

Am Text hat er lange gefeilt, doch ganz glücklich ist er mit den Formulierungen nicht geworden.

Am Anfang hatte ich gemeint, meine Briefschreibungswellenlänge für Herrn Prusch sei ganz schwach: „Wie versprochen…." Doch dann geriet ich in ungeahnten Schwung, und es entsprang ein überraschend schelmischer und sehr persönlicher Brief.

Selbst darüber, daß ich die Verwandten anzurufen plane, um ihnen das frisch gelernte Lied durchs Telefon vorzuspielen, schrieb ich, und setzte ein verschämtes „für eine reife Frau seltsam", hinzu.

Den ganzen Nachmittag über wurde ich vom freudigen Gefühl beflügelt, daß Herr Prusch morgen einen Brief einer Dame bekommt.

Am Nachmittag las ich in der „Brigitte" einen Artikel über eine Frau, deren Freund zu einem gemeinsamen Baby immer bloß „Später!" sagte. Doch dann fand er eine neue Freundin, und mit der zeugte er sofort ein Kind, und machte somit mit seiner zukünftigen Exe Schluß.

Am nächsten Tag besuchte er sie, die nach einer verheulten Nacht ganz verquollen ausschaute, nochmals, und bemühte sich, eine bekümmerte Miene aufzusetzen, obwohl er innerlich so von seinem neuen Glück erfüllt war.

Bald darauf loste ich aus, den Klub zu besuchen, und als Dahinradelnde in meiner bügelwarmen Sportkluft war ich ein bißchen traurig, daß das Wetter so bräunlich, aber auch leicht inkontinent war.

Im Klub selber sah ich an der Brustmuskelaufbaumaschine jenen „Dreamboy" (neuschwachhochdeutsch) wieder, der mir einmal an einer Ampel aufgefallen war. Zirka 18 Jahre jung, und doch hat er schon richtige Männerbeine – (mit zartem Flaum). Ich frug mich, wie Ming wohl reagieren würde, wenn dies der Neue an meiner Seite wäre?

An der Rückenmuskelstählungsmaschine hörte ich mir ein Männerstammtischgespräch an: Der eine Beau, der mich leicht an eine gengepanschte Variation eines Amerikaners aus meinem Bekanntenkreis erinnert und wie ein Geist ausschaut, ein Herr, dessen Anblick mich stört und beleidigt, erzählte, daß er in den letzten zwanzig Jahren an allerhöchstens vier Abenden keinen Alkohol getrunken habe.

Abends nahm ich Onkel Döleins Reiseplanung vom 27.8. – 26.9. ganz forsch in die Hand.

Ich öffnete den Atlas, versenkte mich in die Land-
karten, die immer mehr Kontur bekamen, so daß ich
nach einer Weile auf einer Asphaltstraße dahinzufah-
ren schien, und mich in Onkel Dölein verwandelte,
der es beim Fahren nicht fassen konnte, sich so viele Jahrzehn-
te lang selber in Amerika hinweggesperrt zu haben – so als
wolle er sich für irgendetwas bestrafen.
Und während ich im Geiste noch auf der Landstraße fuhr, *die wiedergewonnene Freiheit genoss,* rief mein
Freund Christian an, dieweil er sich immer noch
nicht für meinen netten Brief vom April bedankt hat.
Dies aus purer Faulheit, wie er mir nun zerknirscht
gestand.

„Ja, die Faulheit ist das Schlimmste überhaupt! Zeit
für die Pastoren, dies unliebsame Thema von der
Kanzel aus zu bearbeiten!" erlaubte ich mir einen
gewagten Kommentar, denn nicht selten entpuppt
sich die Faulheit auch als Segen.

Mir gefällt es, daß der Christian sich an so viele
Details aus dem Leben erinnern kann – z.B. auch
den Satz „Ni dschjao shö mö ming ds?" (Chinesisch:
Wie heißt du?) den ich ihm vor vielen Jahren einmal
beigebracht habe.

„Du solltest chinesisch lernen!" sagte ich und phi-
losophierte über jenen Aspekt der Lebensführungs-
kunde, daß man nur glücklich sein kann, wenn man
beständig etwas dazulernt. Zur Verdeutlichung meiner Worte wählte ich sogar jene Senioren, die mit
dem Lernen abgeschlossen haben, und nurmehr

herumsitzen und aus dem Fenster schauen – wie welke alte Pflanzen.

Will man so enden? – Nein!

Zu später Stund´ schaute ich die allerletzte und somit historische Sendung mit Alfred Biolek an, bevor der 68-Jährige in Pension gehen will.

Ein Herr, der von der Omi nicht leiden gekonnt wird. Heute mit dem abschließenden Thema „Hoffnung". Zu Gast war Barbara Becker, die Exe von Boris Becker - eine sehnige maskuline Frau, mit der man nicht unbedingt einen Abend verbringen möchte, da sie unter dem Deckmäntelchen eines Talkshowgastes launenhaft und unzufrieden wirkt.

Mittwoch, 11. Juni

Wunderschön

Der heutige Tag sollte den Vorbereitungen für die Reise ins Emsland geweiht werden. Mir schien´s zunächst so, als habe ich noch genügend Zeit.

Nach einer Weile kam die Maria als Frühstücksgast, und ich erzählte, daß ich einen vierwöchigen Plan für Onkel Döleins Deutschlandreise austüfteln müsse, verschwieg jedoch, daß ich mir selber diesen Befehl erteilt habe.

Der Onkel - mit mittlerweile 67 Jahren an der Schwelle zum Seniorentum stehend - sei sehr bestrebt drum, daß man alle unnötigen Besuche von ihm fernhalten möge.

Nach dem Frühstücksgenuss arbeiteten wir an Schuberts Arpeggione-Sonate, und auf unbekümmerte Weise meinte die Maria, die Chancen für den Christoph, eine neue Bratscherin für sein Kammerorchester zu bekommen, stünden gut, da es beim Konkurrenten Herrn Hans, einem Herrn, der ebenfalls ein Kammerorchester gegründet hat, immer nur Knatsch und Unstimmigkeiten gäbe.

„Aber das Ostfriesische Kammerorchester ist ja wahrscheinlich staatlich subventioniert?" überlegte ich. Wahrscheinlich wird im Rathaus beständig darüber gestritten, ob man sich lieber ein Symphonieorchester oder lieber ein paar Abwehrraketen leisten solle? Man sieht es plastisch vor sich, wie die Abgeordneten im Stadtrat in Glut geraten: „Mit Klassik holt man heutzutage niemanden mehr hinter dem Ofen hervor!" heißt's von Seiten der SPD, wo die Kunst als „privates Freizeitvergnügen" eingestuft als „vernachlässigbar" angesehen, und in eine Schublade mit „Yoga" und „Meditation" gestopft wird?

Ich erzählte der Maria von Frau Saathoff, die immer so schön angezogen sei. Doch als sie ihre Lebensbeichte niederschrieb, klangen die ersten Seiten leider etwas sekretärinnenhaft.

Hernach beplauderte ich meine neue Freundin sehr interessant über den hohen Seltsamkeitsgrad einer Dame in unserem Bekanntenkreis, deren Namen hier an dieser Stelle aus datenschutztechnischen Gründen unerwähnt bleiben sollte, und parodierte ein Telefonat mit ihr. Eine ersterbende Seele, die man kaum noch zu fassen kriegt.

Doch daß ich beim Tee gleich eine erneute Wunderlichkeitsgeschichte erzählte? Diesmal über Buzen böse Exschülerin P., der nach und nach ein Großteil ihrer Kinder hinwegstarb. Hinzu lag auch noch das Buch über die mörderische Marybeth Tinning, die ihre neun Säuglinge ins Jenseits beförderte, herum.

Ich erzählte von der bösen Exschülerin, die ein Auge auf Buzen geworfen hatte, und äußerst zänkisch und knatschig veranlagt ist. Stellte Rehlein eine interessierte Frage – wie beispielsweise, wie sie wohl heiße, so antwortete sie bissig: „Der Name tut echt nichts zur Sache!"

Doch dann gewöhnte sie sich an Rehlein, und rief ständig zu unpassenden Zeiten an, um irgendwelche Klagelieder einzustimmen. Wie nebenbei erwähnte sie den Tod ihrer Tochter. Rehlein war total bestürzt. „Wie ist denn das passiert?" erkundigte sich Rehlein von Mutter zu Mutter anteilnehmend – doch die Antwort war höchst verwunderlich:

„Ich konnte einfach nicht mehr….die Kleine hat nuuuur geschrieen! Das war einfach zu viel für mich!"

Dies klang für Rehleins Ohren so, als habe die Schülerin den Säugling in hilfloser Wut an die Wand geklatscht…

Im Laufe des Telefonats stellte sich heraus, daß auch noch zwei weitere Kinder bereits auf dem Gottesacker ruhen.

Die Maria beklagte sich ein bißchen über ihre Tochter, die schrecklich eifersüchtig sei.

Erst vor kurzem las Mutti Maria ihren beiden kleinen Kindern ein Pixibuch vor: „Conny bekommt ein Brüderchen!"

Das kleine Paulchen war sehr interessiert, und wollte Details zu jedem Bild erfahren, doch die Miriam schrie ihre Mutter unschön an, daß sie weiterlesen möge, solcherart als sei für sie nur der sterile Wortlaut von Bedeutung.

Der kleine Paul war so süß, und erklärte seiner „großen" Schwester, daß es in dem Buch doch genau so zuginge, wie bei ihnen daheim.

„Ich bin doch <u>dein</u> kleines Brüderlein!" sagte er so goldig wie einst vielleicht der süße Ming? Doch die böse Miriam schubbste ihn wüst beiseite.

Mutti Maria hätte beinahe zu lesen aufgehört, weil´s nicht auszuhalten war.

Einmal frug sie das kleine Töchterlein: „Sag mal: Zickst du im Kindergarten auch so rum?" Doch die Miriam tut´s nur zuhaus, dieweil Mutter und Tochter völlig inkompatibel sind. Außerdem befremdet es Mutti Maria, daß die Kleine überhaupt kein Interesse bekundet, endlich lesen zu lernen, und darüber hinaus auch keinerlei Neugierde zeigt.

Ich tröstete meine Freundin so gut es geht damit, daß sie nachher, wenn sie wieder nachhause geradelt ist, vielleicht ein Amtsschreiben vorfindet, in welchem zu lesen steht, daß die Miriam als Säugling vertauscht worden ist.

Die Maria erzählte, wie mal eine Freundin in Berlin kostenlos bei ihr übernachten wollte. Sie installierte sich, und sagte bald ungefragt: „Ich finde, du könntest hier ruhig mal staubsaugen!" Dies kränkte die Maria, und die Freundschaft zerbrach…

Beim Üben hörte ich durchs offene Fenster, wie die Stephanie, die Arbeitnehmerin von gegenüber, mit ihrer Mutter sprach, und freute mich an dem angenehm warmen Umgangston zwischen Mutter und Tochter, auch wenn keine Küsse fielen.

„Bis heut abend! Viel Spaß!" tönte es über die Straße hinweg. Ein Aufmunterungsausruf, der auch mich bepatschte.

Bei meinen Ausloseleien (15 Minuten weise) kam oftmals „Üben" dran, und als die Schuftzweige begannen, in den Nachmittag hineinzuragen, erteilte ich meinem Hirn den Auftrag, irgendwelche Mittagessideen auszubrüten. Doch mein Kopf brachte nichts zuwege, zumal ich, seitdem ich alleine bin, auch nie auf etwas Bestimmtes Appetit verspüre.

Am Abend radelte ich zur „Tante Olli", und las an einem gemütlichen, von der Abendsonne beschienenen Tisch die BILD.

Ich erfuhr, daß sich Hartmut Crantz („Mord ohne Leiche") im Gefängnis erhängt hat, nachdem er auch in zweiter Instanz ein „Lebenslänglich" aufgebrummt bekommen hatte. So wurde nur ein ganz kurzes Lebenslänglich daraus.

Seine Frau Monika, eine solargedörrte Geschäftsfrau, verschwand am Abend des 6. Januars, und wurde seither nie wieder gesehen.

Morgen besuche ich die Familie Nemec in Lingen, und Herrn Nemec, einem Herrn vom alten Schlage, der seine Briefe emsigst zu beantworten pflegt, hatte ich ebenfalls geschrieben, daß ich japanische Umgangsformen hätte. Doch der alte Mann mißinterpretierte den Brief dahingehend, als würde ich vielleicht japanische Speisen von ihm erwarten? Aber vielleicht war auch ich die Mißinterpretierende, und er hatte sich lediglich ein Späßlein erlaubt?

Donnerstag, 12. Juni
Aurich – Lingen

Wunderschönes warmes Picknickswetter.
Während dem Konzert schien es allerdings
kurz geregnet zu haben?

Ich erhob mich in einen sagenhaft schön sonnigen Morgen hinein, und begann den Tag gleich unter dem lateinischen Motto „Carpe diem!" indem ich eine ganze Stunde lang, ähnelnd einer Köchin, die eine raffinierte Vorspeise zusammenrührt, sorgsam an Bachs d-moll Partita für den Abend herumrührte.

Über Nacht hatte sich ein Brieflein aus Übersee angesogen: Onkel Dölein freute sich so sehr über meine schönen Aufenthaltsgestaltungsvorschläge.

Am Vormittag installierte ich auf Rehleins Läptop den modernen Powerplus-Routenplaner, und empfand es als unerhört aufregend.

Das neue Gefühl, eine Frau mit Routenplaner zu sein elektrisierte mich derart, daß ich gar nicht gescheit fernsehen konnte, sondern in Gedanken immer nur bei meinem neuen Routenplaner war.

Dann rief ich die Hilde an.

Der Omar hob ab, und ich dachte kurz, ich hätte mich verwählt, weil der Mohr auf den ersten Horch wie ein ganz normaler mürrischer deutscher Mann klang. Für mich hat er seine Alltagsmürrischkeit jedoch gerne abgelegt, und wir plauderten auf nette Weise.

In „Humohre", bzw. „Buschhumor" getränkt scherzte ich, daß ich mich nun aus jenem Grunde melde, daß man es mit der Nichtmeldung nicht zu weit treiben dürfe, denn wenn man sich zu lange nicht mehr meldet, so müsse man wieder zum „Sie" hinüberschwenken, und es würde schwierig, an die alte Vertrautheit anzuknüpfen.

Zur Mittagsstund´ begann meine Reise ins Emsland, der ich bereits so freudig entgegengefiebert hatte.

Bald schon rastete ich auf einem Parkplatz, und lernte dabei ein älteres Ehepaar kennen, das soeben zuende gepicknickt hatte, und die Genußreste zusammenpackte.

„Wir sind fertig. Sie können sich hierhersetzen!" sagte die Frau in rustikalem bekanntschaftsaufschäumenden Tonfall.

Auf dem Tisch lag eine Sonnenbrille, die vom Dach eines losfahrenden Autos hinabgehupft war, und somit ihres Besitzers enthoben in der Sonne lag.

Später kam die Frau, der sie gehörte, allerdings doch.

„Guten Tag!" sagte sie etwas förmlich. „Da ist ja meine Brille!"

„Ja, Gottseidank!" sagte ich so nett ich konnte, und dabei hätte ich den Spieß durchaus auch herumdrehen können: „Erlauben sie mal, das ist *meine* Brille!"

Doch stattdessen fehlte nicht viel, und ich hätte gesagt: „Man macht sich ja so seine Gedanken!" ← Worte wie von Otto Normalverbraucher vor einem ZDF-Mikrophon, wenn der Nachbar sich und seine Familie ausgelöscht hat.

Ähnelnd der Mutter eines geretteten Kindes, mochte die Frau dann nichts mehr mit mir reden, und eilte mit der wiedergefundenen Brille freudig zu ihrem Manne hin.

Herr Nemec saß bereits an der Orgel in der Kirche. Ein älterer Herr, dessen Haupt nach Art einer welken Orchideenblüte etwas krumm am Halsstengel haftete, der aus einem steifen Kragen in die Höhe ragte. Ich fand ihn etwas umständlich, dieweil er umständlich erklärte, wo man sonst noch hätte parken können, und nur mit Mühe aus diesem unergiebigen Themengestrüpp wieder herausfand. Doch mit der Zeit fasste er ein wenig Vertrauen zu der sonderbaren Diva (mir) und lächelte zart auf. Solcherart vielleicht wie eine Schildkröte, die vorsichtig den Kopf aus dem Panzer steckt, und erst dann bemerkt, daß draußen im Grunde alle ganz nett sind.

Herr Nemec fuhr mit mir nach Hause zu seinen Lieben. (Frau & Tochter)

Alsbald lernte ich seine Frau kennen, die - bedingt durch die Eheschließung mit einem zirka dreißig Jahre älteren Herrn - äußerlich ein wenig das Bild einer Altenpflegerin angenommen hat: Flink, zupackend, vorausdenkend, mitfühlend, mütterlich – in einem weißen Kittel und Birkenstockpantoffeln steckend.

Bald taute das Ehepaar auf, da ich mich als unterhaltsamer Gast erwies.

Die kleine Lara hatte so nett eine Vorrichtung für die Toilettentüre gebastelt, wo man mithilfe einer Zugbewegung ein: „Besetzt!" oder „Frei!" in ein ausgestanztes Fenster hineinziehen konnte. Da sich aber die allermeisten Klogänger nach dem Klogang nicht mehr umzudrehen pflegen, scheint das Häusl eigentlich immer „besetzt".

Durch die Türe hörte man, wie die Lara auf ihrer Violine übte.

Herr Nemec ist ganz reizend zu seinem kleinen Töchterlein, und beschmust es im Taumel extrem später Vaterschaft zuweilen nett.

Mutti Helene, zirka 45 Jahre alt, ist fast immer in der Küche beschäftigt, und man versteht leider nicht so recht mitanzupacken.

Diesmal hatte sie einen Kirschkuchen gebacken, und die naschhaft veranlagte Lara, die leider ziemlich aus dem Leim zu gehen droht, platzte schier vor Naschlust.

Wir saßen im Kuscheleck der verschachtelten Wohnung, und Herr Nemec legte feierlich eine Schallplatte von Henryk Szeryng ein:

Die Grammophonnadel schien Funken sprühen zu wollen, und Bach´s Solo Sonate in C-Dur erklang.

Herrn Nemec gefiel diese historische Aufnahme außerordentlich gut, da er der Meinung war, der Geiger verstünde es meisterhaft, die wichtigsten Harmonietöne herauszuarbeiten. Ich aber fand, daß ein Hörer hierfür sehr viel Geduld bräuche, da der Meister alles so säulenartig und stehend interpretiert, als würde man in einem Rollstuhl mit gezogener Handbremse durch die Galerie der Akkordsäulen geschoben.

Könnte man diesen Satz vielleicht ein wenig einfacher ausdrücken?

Er spielt mir schlicht zu langsam.

Gidon Kremer sagt: „Je mehr man selber kann, desto toleranter zeigt man sich Interpretationen Fremder gegenüber", doch ich bin da eher wie die Prinzessin in der Geschichte vom König Drosselbart, und über den Szeryng sagte ich unkollegial, es klänge „wie mit dem Lineal gezogen", und das Faszinierende an ihm sei nicht sein Violinspiel, sondern seine Liebesgeschichte. Und der Leser wird sich's denken können: Wieder mußte jene Geschichte mit der Hausfrau aus Saarbrücken herhalten, die dem Geiger überall hinfolgte, da sie ihm verfallen war.

Schließlich verließ sie Mann und Sohn und heiratete den begnadeten Geiger.

Doch kaum war man verheiratet, da starb er, und was der Verliebten blieb war Hündchen Ursula.

(Ein Drama)

Einmal kam sogar die Omi (zirka 79 Jahre alt) zu Besuch, brachte Rhabarber, und husch – wegwarse wieder, denn es heißt ja „Wer rastet der rostet".

Mir gefiel dieser Besuch bei meinen neuen Freunden sehr, doch nach einer Weile ließ ich mich von Herrn Nemec zur Kirche zurückfahren, wo ich später noch im Freien ins Tagebuch dichtete, obwohl es sehr windig geworden war. Einmal trug der Wind gar jenes karierte Blatt, das ich als Schreibunterlage benutzte mit sich fort, und was das bedeutet hätte, sollte man sich lieber nicht ausmalen, denn wie hätte ich da weiterdichten sollen?

Dann würde es womöglich so zugehen wie damals, als ich einen Topflappen strickte, der sich jedoch in eine Kappe verwandeln sollte. Die Schriftreihen würde krümmer und krümmer, bis sich das Blatt zu wölben scheint....

Abends begann das Konzert:

Wieder waren viel zu wenig Interessierte erschienen, aber es hieß ja, die Wenigen (zirka 21 an der Zahl) seien ganz Erlesene, und tatsächlich saßen gleich in der ersten Reihe zwei junge Herren.

Einer sah aus wie der junge Reich-Ranitzky einst als Student: Mit einem Zwicker auf dem krummen Nasenbein und grämlich verzogenen, wulstigen Lippen, die sich selbstständig gemacht zu haben schienen – immer in Bereitschaft, eine Unbequemlichkeit oder Grämlichkeit von sich zu geben. Beim Lauschen schloss er konzentriert die Augen, und die kleine Lara, die ein paar Sitze entfernt saß, tat es ihm gleich, um dem Klanggeschehen noch intensiver zu lauschen.

Nach dem Konzert:

Ein interessierter junger Herr frug, wie es wohl käme, daß ich die zweiten Wiederholungen nicht spiele? Doch man kann ja schlecht sagen, daß es einen sonst an die Paganini Capricen von Frank-Peter Zimmermann erinnere, die doch eine ziemlich uferlose Angelegenheit sind – sprich: Wollte man die alle anhören, so muß man ziemlich viel Geduld mit-

bringen, da der junge, und um Wahrhaftigkeit bemühte Violinist sämtliche Wiederholungen wörtlich
nimmt. Nach zirka eineinhalb Stunden würde es
einem dann aber reichen!

(Nein, dies sagte ich natürlich nicht.)

Der junge Herr war aber sehr nett, und brachte
zwischendrin verunsicherte verbale Bücklinge dahingehend an, daß es ganz toll gewesen sei!

Pastor Wißmann hatte so nett einen Blumenstrauß
für mich organisiert.

Freitag, 13. Juni

Bewölkt

Herr Nemec mit seinen 80 Jahren hält sich wacker,
und schmeißt den ganzen Haushalt. Die Brötchen
jedoch holte die Mutti, und vor dem Essen pflegt die
Familie ein Gebet zu sprechen, in das sie mich wie
selbstverständlich integriert hat.

Man spricht es weniger wegen dem JESUS, der
seine Bescherungen segnen solle, als vielmehr
derothalben, weil man sich bei den Händen nimmt
und dazu zu sagen pflegt: „Wir ham uns alle lieb!
Guten Appetit!"

In Behagen eingebettet saß ich da, und schaute mit
ungläubiger Freude auf die herrlich jugendliche,
leicht pummelige und genußfreudige Lara drauf, die
mit freudigem Gelächter durchsetzt, Interna aus der

Schule erzählte. Nur Mutti Helene, noch mitten im Arbeitsleben stehend, mußte sich sputen.

Der aufmerksame Herr Nemec fuhr seine Frau zum Dienst an ihren Bankschalter in einer kleinen Bankfiliale am Wegesrand, und nahm mich gleich mit, so daß ich in der Kirche üben konnte.

Wenn man übt, ohne es zu müssen, so fühlt man sich wie im Urlaub. Hie und da verließ ich die Kirche, um mich ein wenig umzuschauen, und mich an meine neue Heimat, das Emsland zu gewöhnen.

Einmal sah ich einen Briefträger, wie einen Taucher in die schicken, leuchtenden Farben der Bundespost gehüllt auf seinem Radel von Haus zu Haus fahren. Da er aber nichts für mich dabei haben dürfte, fühlt man sich wie ein unsichtbarer Geist, der seiner Unsichtbarkeit zur Folge vom Weltgeschehen gänzlich ausgeschlossen ist.

Ich stellte mir vor, wie ich immer ein paar Briefe an Unbekannte in meiner Tasche bei mir führe.

„Lieber Herr!

Ich beobachte Sie schon seit geraumer Zeit heimlich…."

Ich stellte mir vor, *wie ich dem Briefträger einen Brief überreiche und sage: „Würden Sie diesen Brief bitte dem Herrn, der da auf der Bank sitzt überreichen?"*

Einmal setzte ich mich auf eine Bank in der Nähe eines Herrn, dem soeben sein Händi lostönte.

„Sonja!" rief er erfreut, solcherart, als knüpfe er Erwartungen in diesen Namen, und mir beim Niedersetzen schien´s leicht pietätlos, daß ich mich dahin gesetzt hatte, denn der Herr entfernte sich.

Man hat ihn aber trotzdem weitertelefonieren hören, und nach einer Weile begrüßte er mich so nett mit meinem Namen. Ich muß gestehen, daß ich eine Weile gebraucht habe, bis ich den Herrn gescheit einordnen konnte. Dann fiel bei mir der Groschen: Es war Pastor Heerenberg aus Schapen! So fernab der Aura seiner suppenhühnchenartigen Frau schien er mir viel freier und gelöster.

Um viertel nach zwölf holte mich Herr Nemec ab. Plötzlich sah ich ihn mit ganz anderen, viel liebevolleren Augen. Zuvor hatte ich etwas von oben herab gedacht: „Der Lustgreis. Kompliziert und alt!" Doch jetzt erkannte ich den wertvollen, aufmerksamen Menschen:

Liebevoll besorgt, und so sehr über einen Gast wie mich erfreut. Plötzlich fand ich ihn so toll, daß ich die ganze Zeit darüber nachdachte, und meinen Lieben im Geiste sogar erzählte, daß alte Männer – ähnelnd alten Weinen und alten Geigen - womöglich die Besten seien? Anne-Sophie M. hat vollkommen recht damit, sich immer nur Ü80er auszusuchen.

Herr Nemec hatte Spaghetti gekocht, dieweil es ihn auch freut, wenn es der kleinen Lara, dem Sonnenschein des Ehepaares, schmeckt. Und die Lara hat so viel Freude am Essen und bringt stets einen übergesegneten Appetit mit nach Hause.

In der Küche breitete sich bereits die Vorfreude auf die kleine Lara aus, die jeden Moment von der Schule heimkehren würde. Um zehn nach eins endet der Unterricht, und die Heimradelung würde nochmals siebeneinhalb Minuten in Anspruch nehmen.

Herr Nemec deckte den Tisch und erzählte von einer Pianistin, die einst in aller Munde war, mittlerweile jedoch in den Köpfen der Meisten zu Staub zerfallen ist: Elly Ney.

Schließlich sah man die Lara am Fenster aufblitzen.

„Papa, was gibt´s heute zu essen? Ich sterbe vor Hunger!" rief die Naschfreudige und brachte gleich so viel geballte Energie und Frohsinn in die kleine Küche.

„Zweitopf!" scherzte Herr Nemec, und als die Lara schnallte, daß es Spaghetti gäbe, wurde sie so fröhlich, und hüpfte vor Freude auf und ab.

„Papa, du bist der Beste!" rief sie nett. Dann erzählte sie gleich lebendig von der Schule: Daß ihrem Klassenkamerad Igor eine deftige Strafarbeit aufgebrummt worden war: Er muß fünf Sätze auf englisch schreiben – und dies zum Thema, wie er sich im Englisch-Unterricht wohl zu verhalten habe?

Die Lara hat so viel Freude am Essen, daß sie somit mindestens dreimal am Tag eine Riesenfreude hat, und auf ihren riesengroßen Po braucht man ja nicht draufzuschauen, wenn er einem nicht gefällt.

Über ihre Bioarbeit sagte die Lara „Ich krieg 2 € 50 von Mama!" (Eine Zwei). Außerdem hatte das begeisterungsfähige junge Fräulein ein Anmeldeformular für ein Probesingen und –tanzen für ein musikalisches Singspiel dabei, für das es sich bewerben wollte.

Man sollte seine Stärken ankreuzen, und die Lara hatte alles angekreuzt, da sie überhaupt nur aus lauter Stärken besteht. „Singen" hatte sie sogar ganz besonders fest angekreuzt, damit es den Sichtern gleich ins Auge springt, daß es ihr absoluter Herzenswunsch sei, Sängerin zu werden.

Herr Nemec wandte sich an mich und sagte feierlich: „Ich will Ihr Spiel ja nicht kritisieren…" so daß man für einen kurzen Moment hätte meinen können, er hübe zu einer wissenschaftlich fundierten Kritik an. Doch er fuhr so bezaubernd fort: „Ich kann gar nichts Schlechtes daran finden! Ich kann auch nichts Mittelmäßiges daran finden. Ich kann nicht mal etwas Gutes daran finden….im Sinne einer „Zwei""

Zum Schluß saß noch die junggebliebene 83-jährige, vor Lebensschwung und Energie aus allen Nähten platzende Schwiegermutter da, und von der Lara bekam ich zum Abschied zwei zarte Kinderküsse, dieweil ich ihr einfach die Wange hinreckte. So wie es das böse Uschilein einst mit Ming als angeheiratetem Neffen betrieb. Doch Ming gefiel es nicht.

Auf spilligen Sträßchen fuhr ich nach Ochtrup. An einem Kreisel dachte ich: „Ich werd verrückt! Da vorne fährt doch das Auricher Auto von Herrn Möller!" Sogar die Hand zu einem ungläubigen Gruße lüftete ich bereits, doch irgendwie schien es mir, daß eine fremde Dame mit im Auto saß, und Herr Möller sich womöglich duckte, so daß er unsichtbar war?

Pünktlich stand ich vor der kleinen Kirche, und wartete nach Art einer Frau, die eine Annonce aufgegeben hat, gespannt auf Herrn Nagler.

Herrn Nagler fand ich dann so nett! Gemeinsam besuchten wir ein Eiscafé, setzten uns ins Freie, und Herr Nagler – Orgler von Beruf – erzählte, wie er einmal für ein Konzert in Bitterfeld lediglich 150 Mark geboten bekam.

Zwei kleine Kinder - Zwillinge - rutschten die Plastikrutschbahnen in unserem Blickfeld hinab, und plärrten einmal gar synchron.

Leider kamen nur 13 Leute ins Konzert, da man die Kultur in Ochtrup hat eingehen lassen wie eine Pflanze, die nie wieder gegossen wurde. Und einmal klatschten sie nicht mal, und ich verbeugte mich ins Leere.

Allerdings wurde mir eine Übernachtung bei der Familie Seemann angeboten: Gabi & Klaus mit ihrem 22-jährigen kahlköpfigen Sohn Basti. Vom Basti hieß es, er habe in drei Monaten dreißig Kilo abgenommen. Dies erfuhr ich beim gemütlichen Abendessen auf der Terrasse.

Über den Haushund Joschi, der mich gleich mit aufdringlichem Gebell „begrüßte", dachte ich zunächst verdrossen: „Ein Kläffer!" Doch dieser Hund mochte mich so gern und suchte beständig meine Nähe. Einmal umarmte er mich gar.

„Du süßer Schatz!" sagte ich gerührt, und tätschelte das warme Hundehaupt.

Als die Gabi (Grundschullehrerin) von der hohen Gewichtsabnahme ihres Sohnes sprach, sagte sie „Er hat", und ich dachte kurz, daß sie vielleicht noch einen zweiten Sohn namens Erhard hat?

Hausherr Klaus entpuppte sich als drolliger Spaßvogel. Es gab gegrilltes zartes Nackensteak, köstlichen Kartoffel- und Fetasalat, und dann kam auch noch ein anderes Ehepaar zu Besuch: Heinz & Virginia. Die Virginia, 58 Jahre alt, kommt aus den Philippinen und spricht kaum deutsch. Offenbar hat sie der wampige Heinz, der ansonsten wenig Schneid bei den Frauen haben dürfte, aus dem Katalog destilliert und gegen Cash einfliegen lassen?

Als die Virginia müde wurde und schlafen gehen wollte, ging der drög scherzelnde Heinz gar nicht darauf ein. Was er allerdings (noch) nicht zu wissen schien: Daß asiatische Frauen, so hascherlhaft, schutzbedürftig und lieb sie sich auch zu geben verstehen, gelegentlich äußerst ungemütlich werden können.

Häßliches Wetter. Duschregen und höchst grau

Das Bettbehagen stak mir noch mitten im Gebein, und geträumt hatte ich auch: *Von unserem Nachbarn, Herrn Möller. Er saß am Tisch und schenkte Wein ein. Voller Futterneid und mit bösem Ausdruck im Gesicht schaute ein ganz unzugänglich wirkender älterer Gast drauf, ob er selber wohl noch genügend abbekomme?*

Und in der Tat hatte Herr Möller sein eigenes Glas eine Spur voller gegossen, als jene der Anderen.

Zunächst goss Herr Müller Butzen etwas Weißwein in sein ohnehin gut gefülltes Glas mit Rotwein, hernach schenkte er einer Dame mit der größten Selbstverständlichkeit direkt _neben_ ihr Glas ein, so daß sich eine tropfende Weinlache auf dem edlen Tischtuch bildete, die der Dame auf ihr schönes Kleid tropfte..

„Siehst du nicht mehr gut?" rief Rehlein ganz erschrocken in besorgtem, mitfühlenden Tonfall.

Doch es verbarg sich ein Trick dahinter. Dem Wein war nämlich ein Schuss Uhu beigemengt, und in die Weinpfütze auf dem Tischtuch konnte man die Flasche hineinstellen, und dann klebte sie fest. Würde jemand danach greifen, so würde das Tischtuch augenblicklich Wellen schlagen, und der Greifende würde alle Blicke auf sich ziehen.

„Erzähl uns noch mal die Geschichte, wie du die Dorothea kennengelernt hast!" bat ich, wie ich hoffte im Sinne der Allgemeinheit, und erwartete natürlich eine aufregende Geschichte

über eine Frau, die vom Virus der Liebe erfasst, von ihrem goldenen Lebensweg hinfortgetragen wurde.

„Da gibt's nichts Großes zu berichten!" brummte Herr Möller selbstgefällig, „es geschah in einer Straßenbahn in Linz. Ihr fehlte das nötige Kleingeld, und ich half aus – daraufhin erbat sie meine Adresse, und kam am Abend mit einer Flasche Wein und feinsten belgischen Pralinen zu Besuch."

Dann träumte ich weiter: Wie Buz und ich uns ganz spontan eine kleine Auszeit vom Familienleben nahmen, und nach Hausach reisten, um Herrn Koppelstätter zu besuchen.

Herr Koppelstätter wohnte in einer zitronengelben Kaffeemühlenvilla, die am Ende eines Feldes in freier Natur stand. Einer Villa mit der Ausstrahlung eines satten und zufriedenen Menschen. Mehr noch: Der Ausstrahlung eines Jemanden, der sich hoch oben auf einen Hügel stellt und die Arme ausbreitet, als wolle er die ganze Welt umarmen.

Das Wetter sah geradezu unglaublich aus: Tiefschwarze Wolken und dennoch beglüht von rotem warmen Sonnenschein, und durch die Lüfte wirbelten einige Herbstblätter.

Einmal geriet Buz in einer Menschenmenge in einen Streit mit einem Herrn, den er verdächtigte, ihm auf gemeiner Taschendiebsebene etwas entwenden zu wollen, während der Herr sich vehement gegen diese dreiste Unterstellung verwehrte….ich hätte bis in alle Ewigkeiten weiterschlafen mögen, doch die Frau Seemann, eine Dame mit der vertrauten Stimme von Omi Baumgart, hatte gestern abend noch so nett angedeutet, daß man zwischen halb neun und neun mit einem gemütlichen Frühstück im Garten anheben wolle.

Nicht genug damit, daß ich gestern ein wundervolles Abendessen geboten bekam, nun wartete auch noch ein komplettes Frühstück auf mich!

Der japanisch geprägte Mensch kommt kaum nach mit seinen Wortbücklingen.

Auf der Terrasse war alles aufgestellt: Man setzte sich nieder, und der lustige Mann (rustikal wie ein Friese) mit dem weißen Schnittlauchborstenumrandungsbart ist aus einem ganz anderen Schrot & Korn zusammengebastelt als ich. Als ich mal jene Anekdote aus meinem Anekdötchenrepertorium fischte, daß sich im Hirn eines Menschen morgens der Desktop mit den Windows seines Jahrgangs auflädt, spürte ich, daß diese Geschichte nicht so ankam, wie sie gedacht war. Sie, die eigentlich geistvoll und lustig ist, klang stellvertretend in den Ohren meiner Gasteltern unreif und albern, und der Herr machte eine unwirsche Wegwerfbemerkung darüber, daß er mit Computern nichts am Hut habe, sondern Seemann wird, indem er nämlich plane, sich ein Motorboot zu kaufen. Sogar ein kleines reetbedachtes Ferienhaus in Bremervörde hat sich kauffreudige und relativ zufrieden wirkende Ehepaar bereits gekauft.

Zu Beginn des Frühstücks wurde ein Gebet aufgesagt, und der Herr las etwas schülerhaft vorgetragen eine Losung aus dem Losungshefterl vor.

Von den drei aus dem Nest geflogenen Kindern Jörn, Basti und Antje (24, 22 und 20 Jahre alt) hat man als Außenstehender das Gefühl, als schauten die Eltern ihnen ganz ratlos hinterdrein.

Wie ein altes vogeliges Ehepaar, dessen Nest auf einmal leer ist.

Der Basti habe mal Akkordeon gespielt, doch als er damit aufhören wollte, drohte der Vater damit, daß er in diesem Falle die zwei- bis dreitausend Mark, die das Akkordeon gekostet hat, zurückzahlen müsse. Also spielte er weiter.

Jetzt war der Basti, der sich über´s Wochenende bei seinen Eltern erholen wollte zwar da, aber er ließ sich nicht blicken, da er gestern die halbe Nacht mit irgendwelchen Spezis durchdiskutiert hatte…

Ich hatte mich in einer kleinen Dorfkirche zum Üben angemeldet, und lernte die dicke junge Küstersgattin kennen, die fragend aus der Garage trat. D.h. mit gerunzelter Stirn blickte sie streng und mißtrauisch auf mich drauf. Ich hatte mir aber gestern schon ausgedacht, daß die Leute dann freudig auf einen reagieren, wenn man liebevoll versucht, das Besondere und Einzigartige in ihnen zu entdecken. So frug ich die Frau nett, ob sie wohl die Pastorin sei? Ich hätte sie bereits bei der Predigt auf der Kanzel assoziiert! Da lachte sie in jäher Erheiterung, und erzählte, sie sei bloß die Frau des Küsters. "Dann sind Sie die KÜSTorin!" scherzte ich.

Den Küster lernte ich später auch kennen. Neutral und dick.

„Wenn sich zwei sooo dicke Leute ehelich verbandeln", so dachte ich noch, „darf man wohl kaum auf schlanke Kinder hoffen? Aus einem Nilpferd lässt sich kein Flamingo machen."

In der Kirche mußte ich plötzlich wehmütig und tief empfunden an die Frau Girardot denken, die heute Geburtstag hat, und der ich typischerweise nicht geschrieben habe. So nutzte ich die 15 Minuten Briefeschreiben, die ich mir ausgelost hatte dazu, um einen ganz liebevollen und persönlichen Brief an sie im fernen Paris anzuwerfen, obwohl es mir so beklemmend utopisch und fern schien, daß dieser nette Brief jemals wirklich in Paris ankommt.

In meiner Briefschreibemappe liegen zur Zeit fünf lose angestrickte Briefe – u.a., jener ans Lindalein. Ihr wollte ich schreiben, daß der Jim - zumindest habe sich mir dies´ Gefühl beim ausgiebigen Betrachten seiner Fotografie aufgetan - nicht so recht zu ihr passen wolle. Ich würde es begrüßen, wenn er stattdessen die Julia vom Ming heiratet, so daß er in der Familie bliebe – da ich ihn natürlich auch ein bißchen lieb gewonnen habe.

Doch wie auch immer das Lindalein den Jim inzwischen findet, nun ist sie durch den gemeinsamen Hauskauf unentrinnbar an ihn drangekettet.

Eine latente Sorge von mir war, daß ich gar keine rechte Idee hatte, wo ich heut wohl übernachten solle? Ich erwog, zu den Nemecs zurückzukehren, und Herrn Nemec wollte ich am Telefon sagen: „Ich habe Sie ins Herz geschlossen!"

Ich stellte mir vor, Frau Seemann, die mir zum Abschied ihre Adresse gegeben hatte, *nun ständig Briefe zu schreiben. Allein an einem Tag überkommt mich dreimal die Lust, ihr zu schreiben, und so liegen an einem Tag drei Briefe in ihrem Kasten.*

Doch mein manisches Hochgefühl ließ ein bißchen nach.

Am Nachmittag besuchte ich ein Orgelkonzert mit dem ehemaligen Kellner Bernhard Nagel in Bad Bentheim.

Ganze zwanzig welke Zuhörer saßen etwas stumpf in den Bänken. Ein pastoraler Mann machte einführende Worte, und niemals wurde geklatscht. Aber mir schien, daß Bernhard Nagel auch gar keinen Applaus wünschte, da er - kaum daß der letzte Ton eines Orgelsalates verklungen war - auch schon so geräuschvoll und hektisch rumregistrierte, und zusammenpackte.

Im Grunde schien er eine Arbeit absolviert zu haben wie ein Klempner, der ein rostiges Rohr ausgetauscht hat, und nun hektisch zusammenpackt, um den nächsten unzufriedenen Kunden aufzusuchen.

Dann war´s vorbei, und ich fuhr eilends zu meinem eigenen Konzert nach Schüttorf.

In der riesigen, einem Gerichtssaal nachempfundenen Kirche, mit nummerierten Plätzen, da man sich früher einen Platz kaufen mußte, weil die Kirchen damals aus allen Nähten zu platzen schienen, lernte ich die Eheleute Voss kennen, und freute mich gleich, da sie so nett sind.

Schon wieder ein reifes Ehepaar, wo die Kinder bereits aus dem Hause sind.

Ich freute mich so, und war so dankbar, daß zirka 50 interessierte Hörer erschienen waren.

Nach dem Konzert lernte ich Herrn Schöffel kennen, einen Herrn, der mir eine Mail über seine Eindrücke zu schreiben gedenkt.

Abends fuhr ich dann doch wieder zu den Nemecs zurück. Herr Nemec, mit seinem rollenden „R", das an eine preußische Herkunft denken lässt, war am Telefon so nett und verständnisvoll.

Der Vollmond am Himmel schaute atemberaubend aus: Aufgepumpt und direkt ein wenig in die Breite gegangen.

Der aufmerksame Herr Nemec hatte sogar seine Frau an den Straßenrand gestellt, auf daß sie mir die letzten Wegfinessen weise.

Leider litt Herr Nemec an einem Hexenschuss, doch das Ehepaar freute sich sehr über einen späten Gast, und die sich drumherumrankende Weinstunde.

Ich gewann die Frau Nemec, die auf den ersten Blick vielleicht ein wenig zugeknöpft wirkt, ebenso lieb wie ihren Mann.

Die Stimmung wärmte sich von Minute zu Minute auf.

Wieder schöpfte ich Unterhaltungsstoff aus meinem Anekdötchenrepertorium, auch wenn es mir langsam vor mir selber peinlich werden sollte, buzesartig immer die gleichen Geschichten zu erzählen.

Die Nemecs aber wurden vergnügt.

Sonntag, 15. Juni
Lingen (Bad Honnef)

Sommerlich und schön

Freiwillig erhob ich mich um sechs Uhr in der Früh, um zum Friedel nach Bad Honnef zu reisen.

Doch auch im ehelichen Schlafgemach der Nemecs rumpelte es bereits auf, da Kantoren ja keinen Sonntag haben, und Herr Nemec trotz seines vorangeschrittenen Alters noch immer allsonntäglich den Gottesdienst mit seinen Orgelklängen veredelt.

Im Auto befiel mich eine beklemmend bleierne Müdigkeit, die sich kaum beherrschen ließ. Auf einem Parkplatz hielt ich einen elfminütigen Schlummer ab, und sackte, ohne es zu merken ins Nichts hinab. Dann schreckte ich aber wieder auf, dieweil der Verkehrschaos-Moderator verkündigte, daß auf den Straßen nichts los sei. Als ich dann weiterfahren wollte, sagte er jedoch: „Von wegen nichts los!", dieweil ein unbekümmerter Fahrradfahrer auf der Autobahn gesichtet worden war.

Die Fahrt zum Friedel dauerte zwei Stunden und 45 Minuten. Dies jedoch nur, weil die Straße genau an jener Stelle, wo es neben dem Café Nottebrock zum Friedel hinabgeht, gesperrt war. Zunächst war ich noch voll frischen Mutes, und folgte dem Umleitungsschild. Bloß wurde ich davon immer durch das gleiche Quadrat gejagt.

Einmal wollte ich ein steinaltes welkes Mütterlein fragen, das mit dem Rollator unterwegs war, doch die Gestalt reagierte überhaupt nicht. Mir war zumute, als würde ich eine defekte Fernbedienung auf sie richten.

Ich schaffte den Sprung aus dieser scheinbaren Auswegslosigkeit erst, als ich die nötige Chuzpe zusammengebündelt und einfach – ungeachtet der Moralkeule Flensburg im Nacken – hinter die Absperrung fuhr.

Als ich einparkte, kam der leicht verschlafen wirkende, aber so herrlich mild und wohltätige Friedel des Weges. Der Friedel war von der gleichen Idee befallen worden wie ich: Brötchen zu holen.

Vor der Bäckerei traf der Friedel eine Dame namens Andrea, einen „Man-sieht-sich-ey!" Typus, und ich erfuhr, daß es die Nämliche sei, die sich mal vom caféeigenen Kellner A. bespringen ließ, und von diesem Bespringungsvorgang (Beamtendeutsch) rührt's auch her, daß der A. gefeuert wurde, und seither arbeitslos ist.

Der Friedel kaufte vier knusprige Brötchen, und als sich die Verkäuferin hernach fragend an *mich* wandte, sagte ich stolz: „Ich gehöre zu ihm!"

„Die Glückliche!" mag da die Verkäuferin gedacht haben – oder auch: „Schon wieder eine Neue an der Seite dieses Beaus?"

Daheim lernte ich endlich die vielbesungene Rosa kennen, die in der Küche liebevoll die Birnen für ein köstliches Müsli zurechtschnippelte.

„Hallo Rosa!" rief ich nett, und fühlte mich von der ersten Sekunde an sehr herzlich verbunden, auch wenn man natürlich nicht weiß, ob sie nächstes Jahr immer noch die Neue an der Seite vom Friedel ist?

Ich erfuhr, daß man sich auf einem Seminar vom Psychiater Biewack kennengelernt habe. Mir gefiel´s, daß man somit gleich über das Psychologisierende psychologisieren konnte.

Gemeinsam besuchten wir den Flomarkt, der so unerhört voll war, daß man sich direkt nach Asien versetzt fühlte, wo es (?) *immer* so voll ist.

An einer Stelle stand eine ältere, dicke blonde Frau und rauchte. „Die wäre nichts für Ming!" sagte ich.

Für Ming ist es das Allerwichtigste, daß seine Freundin Nichtraucherin und nicht zu dick sei – und alles andere ist sekundär!" erklärte ich der Rosa lachend.

Am Nachmittag war ich bei der Dorli zum Kaffee geladen.

In ihren kurzen Hosen sah die Dorli leicht und schlank aus. Nach der überschwenglichen Begrüßung bereitete sie uns einen Milchkaffee zu, und Geschichten über ihre gegenwärtige Lebenssituation, die äußerst „durchwachsen" sei, sprudelten aus ihr hervor. Sie ist jetzt wieder mit ihrem Mann André zusammen, so daß es im Grunde äußerst praktisch war, daß man sich damals doch nicht scheiden ließ.

Aber im Gegensatz zum lieben und sanften Friedel sei der André eine höchst zwiespältige und cholerische Persönlichkeit. Ein falsches Wort genüge, und er explodiert wie eine Bombe. 14 Tage lang sei es mit ihm paradiesisch, doch dann kippe die Stimmung. Dann sucht er krampfhaft Streit, und provoziert sie bis zur Weißglut.

Neulich habe sie die Beherrschung verloren, und ihn angeschrieen: „Du Loooooser!"

Diesen für einen Arbeitslosen sehr unschönen Ausdruck, habe ihr dann doch sehr leid getan – aber der André hat ihre Entschudigung nicht annehmen mögen, und jetzt ist er mit dem gemeinsamen Söhnchen wandern gegangen, und die Dorli knabbert an ihrer verbalen Entgleisung herum. Außerdem erzählte sie mir unverhohlen, daß ihr die Situation mit der Rosa Pein bereite. Einerseits findet sie die Rosa total nett, und würde sich sehr gerne mit ihr befreunden, und andererseits wird sie aber auch von Neid geplagt, obwohl sie es hasst, neidisch zu sein.

„Stimmt. Man sollte sich am Glück der anderen mitfreuen!" sagte ich – „doch leider ist Neid etwas Biologisches. Er mogelt sich am Verstand vorbei, und breitet sich peinigend aus."

Ich selber könnte jedoch auf niemanden neidisch sein, da jene Menschen, die dafür in Frage kämen, ja nicht meine Mutter als Mutter haben – und Rehlein ist die tollste Frau der Welt! Dies sprach ich jedoch nicht laut aus.

Wir Damen griffen uns die Kaffeetassen, setzten uns an das runde Tischchen im Garten und psychologisierten.

„Du hast ja deine Kunst - deine Profession!" sagte die Dorli so rührend, „aber mein Glück ist so abhängig von meinen Beziehungen!"

Mit ihrem Sohn hat sie auch viel Kummer.

Er ist neun Jahre alt, und neulich hatte er einfach einen Fünf-€uro-Schein in seinem Besitz, dessen Herkunft unerklärlich war. Schließlich legte er auf die heftige Insistenz von Mutti Dorli hin ein Geständnis ab: Er habe das Geld dem Friedel gestohlen.

Die Dorli durchfuhr es heiß.

„Mein Sohn ist ein Dieb!" dachte sie unfroh, und wusste kaum wohin mit ihrem Schmerz.

Mutti Dorli beharrte drauf, daß der Knirps zum Friedel geht, das Geld auf Heller und Pfennig zurückgibt, und die Beichte ablegt.

Das machte der Gestrauchelte schließlich.

„Wenn du das nochmal machst, darfst du nicht mehr heraufkommen!" habe der gutmütige Friedel nur gesagt, und die Sache auf sich beruhen lassen.

Nach etwa 35 Minuten lief ich wieder in den dritten Stock hinauf, und die Dorli kam mit, dieweil sie den Friedel unter einem Vorwand in ihre Wohnung locken wollte: Aus ihrem Wasserhahn käme immer bloß kochend heißes Wasser.

Der hilfsbereite Friedel suchte sehr lange an einem Werkzeugkasten herum, und die Dorli beplauderte derweil ihre Rivalin Rosa über die Strapazen der Nachtschicht.

Schließlich entschwand der Friedel mit seiner Ex in die unteren Stockwerke, währenddessen mir die Rosa eine riesige Schale mit Walnußeis servierte. Ich ließ es auf der Zunge zergehen, und stellte mir vor, *wie der Friedel unten am Wasserhahn schuftet. Währenddessen lässt die Dorli die Hüllen fallen, und wenn er sich nach seiner ehrenvollen Tätigkeit umdreht, steht sie entblößt vor ihm…*

Doch der Friedel kehrte nach einer Weile zurück und frug: „Willst du noch etwas Eis?"

Ich erfuhr, daß das gelbe Mietshaus in dem man jetzt lebt, im Jahre 2006 verkauft werden soll, so daß das Leben hier bald schon Historie ist.

Wieder sprach ich davon, daß der Friedel das gelbe Haus in Ofenbach kaufen solle, weil es ein glühender Traum von uns sei, einen engen Verwandten neben uns wohnen zu haben.

Schweren Herzens mußte ich mich schon bald verabschieden, da ich am Abend das Orgelkonzert von Herrn Müller zu besuchen gedachte.

„Leb wohl, Dorli!" dachte ich unten im Flur etwas wehmütig, da mir die Dorli sehr ans Herz gewachsen ist.

Lingen zur Abendstund´:

Ein wunderbarer Sommerabend breitete sich vor mir aus, und ich hurtelte zur Kreuzkirche, um das Orgelkonzert mit Herrn Müller zu genießen.

Ich saß oben auf der Empore, und lauschte dem Orgelwerk von Buxtehude mit nur einem Ohre, da ich die vielen unverarbeiteten Erlebnisse ins Tagebuch schreiben mußte.

Wenn mich jemand darauf angesprochen hätte, daß das Konzert doch zum Zuhören und nicht als Hintergrundsberieselung für eine andere Tätigkeit gedacht sei, so hätte ich gesagt: „Ich muß meine Eindrücke niederschreiben!" Und dann stellte ich mir vor, *wie sich die Anderen vielleicht vorstellen, daß dort nun auf moderne Weise zu lesen stünde:*

Klang
Fülle
Ein sich Aufbäumen des Schmerz´
behände Finger tänzeln über die Tastatur

Später, während unserem schon traditionellen abendlichen Weingelage, sprach Mutti Nemec *das* aus, was zu denken man kaum gewagt hatte: „Ich habe gegääähnt…" und in der Tat mußte man sich nun eingestehen, daß dies ein Orgelbrei wie aus der

Gefängniskantine war. Das Gesamtwerk von Buxtehude wird einfach über Stock und Stein hinabgeorgelt, und man sitzt brav so da.

Eine Armenspeisung für die Ohren.

Leider war der Hexenschuss von Herrn Nemec nicht besser geworden.

Herr Nemec wollte mir noch etwas vororgeln (selten zu lesendes Wort). Er orgelte los, hörte jedoch schon bald mitten in der Phrase auf, und sagte auf unsentimentale Weise: „…und so weiter!"

Ich erfuhr, daß die feinkultürliche Frau Nemec schriftstellerisch tätig ist, und im Rahmen der langen Kulturnacht am Mittsommernachtstag eine Lesung in der Bibliothek abhalten wird. (Eigene Gedichte, und sehnsüchtig stimmende literarische Gesänge)

Montag, 16. Juni
Lingen – Aurich

Vorwiegend sonnig, und nur am Vormittag zuweilen
durch graue Wolken lugubriert

Zum Frühstück lärmte das Radio.

Mutti Nemec erzählte, daß sie ganz alleine in ihrer Arbeitsstelle in einem Kabüffchen der Volksbank sitzt. Einer kleinen Zweigstelle am Wegesrand. Dies sagte sie, weil ich wiederum davon gesprochen hatte, wie gerne ich sie quadratisch umrahmt an ihrem Arbeitsplatz sehen würde.

Durch ein kleines Fensterchen bedient sie die Kundschaft.

In den Mittagsstunden, wenn nicht viel los ist, pflegt sie sich zuweilen vom Radio berieseln zu lassen.

Aus dem Radio wurden wir Hörer von einem Klassikpotpourri beschmettert, und ich stellte es mir lustig vor, *wie ein Kunde in der Bank aufkreuzt, und etwas will. Doch die Bankangestellte legt den gereckten Zeigefinger an die Lippen: „Psssst! Das ist Beethoven! Hören Sie das denn nicht?“ Das sagt's der Kunde auch zu seinem Hintermann in der Warteschlange, und so geht es immer weiter.*

Noch unglaublicher wäre es natürlich, *man würde sagen: „Pssst. Es zupft Bungarten. Hören Sie das denn nicht?“*

Im Rasthof:

Ich las ein sehr nettes Interview mit Uschi Glas, die sich als welke, und doch stählerne 59-jährige in einem goldenen Bikini ablichten ließ. Etwas, das laut BILD einen Wirbel ausgelöst habe. Doch die Uschi sagte so entzückend: „Die sind alle nur neidisch. Ich gehe immer im Bikini an den Strand, weil ich es mir erlauben kann…“ Es erinnerte mich ans Beätchen, bloß, daß sich das Beätchen dererlei nicht mehr erlauben kann.

Daheim wurde ich vom süßesten Rehlein so warm empfangen, während Buz, der mit der Honorarausrechnungsarbeit für den Musikalischen Sommer grenzenlos überfordert schien, nicht ansprechbar war. Armer Buz!

Na, wenigstens war ein bißchen Post gekommen.

Sogar ein Konzert in Epfendorf wurde mir per Mail angetragen.

„….wäre sicherlich eine Bereicherung für unsere Gemeinde!" schrieb der Geistliche nett.

Oben im Schaukelstuhle las ich die Briefe von der Valerie.

„Herr Park aus Norden erzählte mir, daß Ihr nach Kanada auswandert! – Allerdings könnte es vielleicht auch „Korea" geheißen haben." (So schriebse)

„Natürlich ist in meinem Leben nicht alles so gelaufen, wie ich mir das gewünscht hätte!" zog die Valerie ein Resümée ihres bisherigen Daseins auf Erden. „Doch ist´s denn in Deinem??…".

Damit war sicherlich mein Violinspiel gemeint?

Ich erwog zu antworten: „Wenigstens mein Geigenspiel ist so geworden, wie ich´s mir in meinen kühnsten Träumen nicht vorstellen konnte! Auch wenn´s mich nervt, daß ich keine Verbindungen habe, um in den schönsten Konzertsälen der Welt zu konzertieren. Dort, wo ich hingehöre! Schlimm ist nur mein Unglück in der Liebe…aber dafür habe ich die beste Familie der Welt! "

Die Thekla schrieb mir eine nette E-Mail: „Tolle Neuigkeiten! Ruf mich bitte sofort an!!"

An alles hätte ich gedacht, bloß nicht, daß die Thekla einen Mann für mich gefunden hatte:

Carmello, Sizilianer, 57 Jahre alt, kultiviert.

Ich muß gestehen, daß ich nicht besonders begierig darauf war, doch das süße Rehlein in der Küche freute sich so nett! In meinem negativ gepolten Gehirn ist schon alles verbarrikadiert: Alt, Ausländer, der womöglich kaum deutsch spricht?…und dabei muß ich mein Gehirn doch dringend neu vernetzen: „Alt" durch „reif und lebensklug" ersetzen, und „Ausländer" in „einen frischen Wind aus der großen weiten Welt ins Leben bringend", und wenn er kein deutsch spricht, so müsse ich eben endlich italienisch lernen. Zeit habe ich doch genug. Wo liegt das Problem?"

Die süße Thekla schrieb so nett und enthusiastisch, und ich hatte mich doch schon gewundert, daß das Glück so lange auf sich warten lässt.

„Ein Sizilianer…wunderbar!" jubelte Rehlein, und sah sich im Geiste bereits mit dem Schwiegersohne schäkern und lachen.

Dann aßen wir.

Ich hatte den ganzen Tag über schon so einen gesegneten Appetit, und fühlte mich wie die kleine Lara mit ihren alten Eltern. Zunächst aßen wir etwas zeitversetzt (der Telefontropf, der uns Buz hinwegsog!) eine köstliche Suppe, und hernach Nudeln mit Tiefkühlgemüse.

Bald darauf gab´s Kaffee, und gebannt schauten wir die „Lindenstraße" (Den Wurmfortsatz des Tages brauchen natürlich nur „Lindenstraßenkundler" zu lesen: *Die Anna hatte sich so gewünscht, mit ihren Lieben in ein Häuschen im Grünen im Allgäu zu ziehen, doch ihre blöden Kinder bockten und zickten, und ihrem Mann Hans wiederum erging es* so wie mir mit Theklas Brief:

Der erhoffte Jubel blieb aus.

Dienstag, 17. Juni

Sommerlich und heiß.
Nachmittags mehlig bewölkt

Buz war am Morgen schrecklich nervös, und ich erfuhr, daß er um neun Uhr einen Termin beim Doktor Schless habe, der ihm auf Rehleins Wunsch hin zwei Altersflecken im Gesicht entfernen solle, und jetzt war es bereits 8:48!

Rehlein erzählte von unserer Kindheit.

„Das Tolle an Kindern ist, daß sie immer so 120 prozentig sind!" schwärmte Rehlein begeistert – und die Begeisterungsfähigkeit und Freude der Kinder, die stecke einen an. Ming rief ständig: „Guck doch mal!!!" und ich wiederum spielte gerne mit rohen Eiern und sagte: „Eialein!"

Rehlein erzählte mir, daß es mit Ga- und Ebi (Onkel Eberhard mit seiner Gabi) nun leider auseinanderginge, und nur vor der Omi dran solle „schöngetan" werden. Man möchte der alten Dame auf ihre alten Tage hin nicht solch einen Kummer aufbürdeln – so heißt´s zumindest offiziell, doch in Wirklichkeit ist es so, daß man die lauten Gedanken fürchtet. Gedanken, die aus Höflichkeit nicht ausgesprochen werden, so doch derart tönend sind, daß sie einem in den Ohren schmerzen: „Ich habe es geahnt! Das Mädchen taugt nicht viel. Wahrhaftig!"

Wenn aber die Omi 98 wird, was ja keinesfalls auszuschließen ist, so wird sich´s wohl auf Dauer schwer verbergen lassen, daß das Gabilein sich in Luft aufgelöst hat.

Es klingelte an der Türe?

„Die Post?" mutmaßt man in froher Bänge. Doch es war Heidi Abel, über die wir zuvor schon nachgedacht hatten, wie sie nach ihrer Prüfung (morgen Teil I) aus unserem Leben hinfortgesogen wird, und zunächst als Praktikantin nach Augsburg entschwindet.

Nun erfuhren wir, daß es in Augsburg so schön gewesen sei. Mit der Praktikantenstelle jedoch habe es leider nicht geklappt. Stattdessen wurde ihr eine Stelle in Solingen in Aussicht gestellt.

Nach einer Weile klingelte es erneut an der Türe.

„Ooooh!" rief Rehlein so tief empfunden mitleidsvoll, dieweil es Buz mit seinem bepflasterten Gesicht war. Buz sah aus wie nach einem wüsten Ehezwist, und hatte durch das Narkotikum hinzu noch einen ganz schiefen Mund bekommen. Rehlein war so bezaubernd zu Buzen, wie man es noch überhaupt nicht erlebt hat.

„Mein armes Schätzlein!" rief Rehlein und bebusselte Buz zart und liebevoll. Etwas, was für eine liebende Ehefrau eigentlich eine Selbstverständlichkeit sein sollte, die nicht extra in einem Buch erwähnt werden müsste.

Nun aber fand Buz Trost in seiner Mission.

Im Musikzimmer fand alsbald der Violinunterricht statt, und folgende Klangfetzen durchzogen unser Heim: Beethovens vierte Sonate mit dem einprägsamen Motiv „Herbei, herbei, herbei!", die Symphonie espagnole – ein musikalischer Bocksprung für aufstrebende junge Violinisten aus aller Welt, und ein modernes Werk von Herrn Heike.

Später beplapperte ich die Heidi darüber, daß sie Herrn Heike heiraten könne, da für Herrn Heike nur eine Jüngere infrage käme, und wie Herr Heike dann unablässig Kompositionen für sie anfertigt, und sie verdächtigt, nicht begeistert genug davon zu sein.

Ich klimperte das Motiv „Heidi" am Klavier, und weil es kein „i" gibt, sang ich es laut und schrill dazwischen, so daß sich dieses Klangmotiv noch moderner anhörte.

Abends telefonierte Buz mit dem Onkel Ebi. Der Onkel habe in kryptischer Form davon gesprochen, daß es demnächst große Umkrempelungen in seinem Leben geben wird.

Mittwoch, 18. Juni

Meist sonnig. Manchmal etwas grell,
bräunlich bewölkt und stickig

Gestern stieg ich mit einem ziemlich schlechten Gewissen ins Bett, da ich die Thekla auch nach zwei Tagen immer noch nicht angerufen habe, obwohl es mir das süßeste Rehlein doch so gewissenhaft ausgerichtet hat. Die Thekla habe gesagt: „Bitte, bitte sofort…" und nun spürte ich stellvertretend für die warmherzige Thekla ein großes Befremden über mich.

Am heut´gen Morgen hatte Buz bereits das Haus verlassen, um der Prüfung von Heidi A. in Bremen beizuwohnen.

Schon kurz nach dem Frühstück rief ich die Thekla an, und die Thekla klang gleich so fröhlich und nett. Sachlich freundlich, aber auch ohne das Feuer ihrer Vermittlungsfreudigkeit zu löschen, listete ich meine Zweifel auf. Unter dem Strich gesprochen, daß ich schwer entflammbar sei, und daß mich Herren dieser Altersgruppe eigentlich nur verlegen stimmen würden. Hinzu käme die Sprachbarriere – und wann solle ich in meinen dichtgewobenen Tagesablauf auch noch die nötigen Italienischstudien einfügen?

Die Thekla gelobte, mir eine Diskette mit vielen Carmello-Fotos zuzuschicken.

Buz erzählte so entzückend von seiner allerersten Erinnerung: Wie er im alten Pfarrhaus, wo man damals lebte, auf ein Bett geklettert ist, und auf seine Mutter zuwandelte.

Rehlein war sehr gerührt davon.

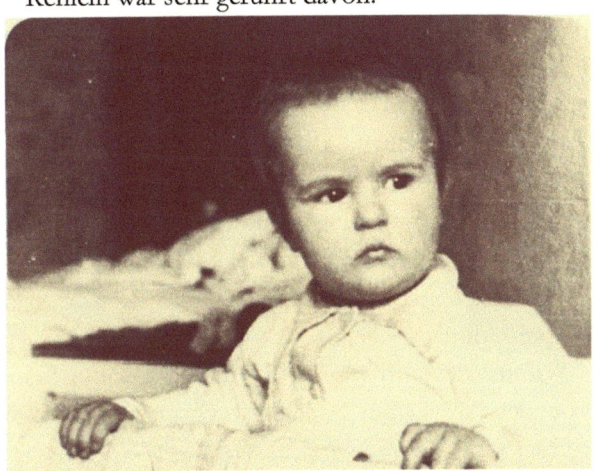

Einmal kam ein Anruf für mich. Herr Freese von der Autowerkstatt war's.

„Mit ihrem Auto sieht's leider nicht so gut aus!" sagte er bekümmert auf Art eines Chefarzt', der den Verwandten durch die Blume zu verstehen geben will, daß die 90-jährige Omi wohl die längste Zeit ihres Lebens gelebt hat.

Die Kupplung sei völlig verölt, und jetzt bot er an, mich abzuholen, damit ich den Schaden mit eigenen Augen sehen würde. Er holte mich auch bald darauf ab, und im Auto psychologisierte ich ihn über mein krankes Fahrzeug an. Man hatte gemeint, es sei alt

und inkontinent – doch nun schaut´s doch um eini-
ges ärger aus.

In der Werkstatt, wo es bereits in die Höhe gehieft
worden war, erfuhr ich gar, daß mein Auto es nicht
mehr lang gemacht hätte, und mit warten, abschlep-
pen, Mietauto, Ärger usw. wäre es hinzu empfindlich
teuer geworden.

Daheim begrüßte mich Rehlein mit den Worten,
daß ich so schöne Blumen bekommen habe. Die
Maria war zu Besuch gekommen, und die Blumen
waren als Dankeschön für meine CD gedacht, die
der Maria sogar noch besser gefällt als jene von
Shlomo Mintz.

Wie schon so oft arbeiteten wir an der dritten Seite
von der Arpeggione-Sonate. Doch gleich die erste
Aufschwungsgirlande mißriet leicht.

Leider hat sich die Maria unter der Last der techni-
schen Mühen angewöhnt, Buzesgleich viel zu viel
mit dem Mund zu arbeiten.

Rehlein war hinfortgeradelt, um irgendwo in der
freien Natur ein wenig Gymnastik zu betreiben.

Abends kehrte Buz aus Bremen zurück. Die Prüfung von Heidi A. war überhaupt nicht bewertet
worden, da der Korrepetitor einfach nur so vor sich
hingespielt habe. Buz war allerdings so warm gestimmt, und sprach mit der größten Wärme darüber,
daß er mir die Autoreperatur schenkt.

Donnerstag, 19. Juni

Zum Teil stickig bewölkt. Abends grünlicher Regen

Auf Buz wartete heut ein Telefon-Interview mit einem Oldenburger Sender. Nett wäre natürlich, wenn Buz am Ende des Interviews sagen würde: „Darf ich jemanden grüßen?" und dann gesagt hätte: „Kika! Das mit der Autoreperatur übernehme ich!"

Etwas, mit dem wir Buz beim Frühstück beplapperten, während Buz sich wie ein schlecht vorbereiteter Prüfling fühlen mußte, der gleich aufgerufen würde.

Als um fünf nach neun wie vereinbart das Telefon losschrillte, wähnten wir Buz auf dem Häusl. „Schnell!" rief sogar ich zwiefach ganz aufgeregt, und es fehlte nicht viel, und wir hätten den Papa einfach so aus dem Häusl gezerrt.

„Das ist jetzt wieder typisch!" schnaubte Rehlein aufgeregt. Doch Rehlein tat Buz bitter Unrecht, dieweil Buz gar nicht auf dem Klosett war, sondern woanders war.

Leider durften wir nicht dabei zuhören, wie Buz telefonierte.

Ich hatte Post bekommen: Jochen Prusch schickte Noten, und hatte einen zweiseitigen, ganz persönlichen Brief beigefügt.

Dadurch, daß ihm meine Bach-Aufnahme so imponierte, nannte er mich einfach „Franziska" und duzte mich, und sich selber nannte er schlicht „Jochen".

Wir freuten uns sehr über diese persönliche Note, und warfen augenblicklich jene CD an, die er mitgeschickt hatte.

Eine Hommage an Dänemark.

Zusammen mit einem Gitarristen spielte er eine Sonate von Vivaldi.

Ich dachte über unseren Freund Otis nach, und interessiert´s den Leser wohl, was ich gedacht hab? Ich dachte, daß die Familie, wenn der Otis mal gestorben ist, seinen Abgang in geschüttelter Form verkünden könnte:

Wußtet Ihr schon, daß der

Otis

tot is?

Buz saß im Wohnzimmer und aß ein kleines Vesperle, das Rehlein ihm auf die Schnelle zubereitet hatte, dieweil er doch heut nach Grebenstein aufbrechen wollte.

Nicht nur mein Auto, auch unsere Küche scheint alt und inkontinent geworden: Beständig quillt Wasser aus dem Boden hervor.

Doch ein Experte, der heut zwiefach bei uns vorbeischaute, konnte beim besten Willen nichts finden. In seiner Horchweite redete ich wie eine ganz normale höhere Tochter aus Ostfriesland, mit plattdeutschem Einschlag.

Wenig später sprach ich allerdings schwäbisch, so daß es sich für die Ohren des braven Handwerkers ausgenommen haben dürfte, als sei Besuch aus Süddeutschland gekommen.

Rehlein und ich schauten einen fesselnden Film über Gift an:

Ein junger, in einem Tarnanzug steckender Herr, der den Müll aus dem Hause trug, um ihn in der Tonne zu entsorgen, wurde bei dieser Alltagstätigkeit von einer Kobra in den Daumen gebissen.

Das Gift breitete sich in rasender Geschwindigkeit in seinem Körper aus. Er starb.

Ein Koch kostete von einem Fisch, von dem es hieß, er sei von einzigartiger Köstlichkeit. Wenn man jedoch Pech habe, so sei er hochgiftig. Der Koch jedoch schlug die Warnungen in den Wind, und augenblicklich gingen unangenehme Veränderungen mit ihm vor sich. Er verwandelte sich in einen Fremden....

Eine echte Alternative zum Selbstmord. Zwar löst sich *Der*, der man einst gewesen, auf wie Wolke, doch es bleibt die Chance, ein Leben als Fremder fortzuführen.

Mittags rief ich Herrn Petri an – jenen netten Musikwissenschaftler aus Vechta, der einfach unaufgefordert ganz spontan einen Aufsatz über mein Violinspiel verfasst hat. Und wenn man bedenkt, daß Martin Walser prinzipiell nie über Musik oder Essen schreibt, so kann man ermessen, wieviel Schilderungskultur vonnöten ist, um das Violinspiel einer fremden Dame in den Ohren des Lesers auftönen zu lassen.

Seine Frau hob ab, und konnte mit meinem Namen leider nichts anfangen. Doch Herr Petri war so erfreut, und klang so nett!

Ich molk die E-Mail-Box. Sehr nett schrieb Helene Nemec, meine neue Freundin, daß sie am Montag schon Entzugserscheinungen bekommen hatten, denn etwas fehlte in ihrem Leben: Ich.

Der Brief vom Beätchen stimmte mich nachhaltig deprimant, da zu lesen stand, daß die Linda den Jim heirate. Mehr noch als die Tatsache, daß das Lindalein dann ganz von uns hinfortgeschwemmt wird, schmerzte Beätchens uns gegenüber wenig feinfühliger Passus: „Wir sind sehr froh darüber!"

Wie kann sie froh über etwas sein, daß unsere Gefühle wie eine Dampfwalze niederwalzt?

Etwas humorvoll Klingendes, so jedoch Trauriges über den jähen Tod von Jesses Bruder hatte das Beätchen auch geschrieben: "…Bestrahlungen, in deren Verlauf der Krebs besiegt wurde, und der Patient starb…."

Freitag, 20. Juni
Aurich – Bad Lauterberg

Wechselhaft. Manchmal graue Wolkenbänke,
dann wiederum Sonnenschein

Am Morgen bemühte ich den Routenplaner, um meine Reise gescheit zu planen, und doch wurde ich nicht recht schlau aus dem Ganzen. Ich saß ganz schief hinter dem aufgeklappten Läptop, und fühlte mich „wie in der Prüfung sitzend". Man weiß, daß das Gehirn mit dem gebotenen Material nicht umzugehen versteht, sitzt gelähmt so da, und die Zeit rinnt.

Es wurde ernst mit unserem Anbau, denn heute rückten die Bagger an, und machten kurzen Prozess mit unserem Schuppen. Hie und da krachte es ungeheuerlich auf, und später bescherzte ich Ming am Telefon gar, wie's wohl wäre, wenn der Schuppen nur der Anfang wäre? *Von der Zentrale hätte man ganz klar den Befehl bekommen, das ganze Haus abzureißen. „Hier steht's schwarz auf weiß!" sagt der mürrische Oberbefehlshaber und krümelt ein Blatt Papier aus seiner Gesäßtasche, während das Haus hinter ihm krachend und splitternd einstürzt.*
Dies, weil Rehlein sich am Telefon vielleicht mißverständlich ausgedrückt hat?
„Wieso?" sagt der Arbeiter, wenn Rehlein ihn zur Rede stellt.

Ming hatte noch gar nicht gewußt, daß die Linda heiratet, doch er nahm die Nachricht gefasst auf, weil er es schon geahnt hatte – und weshalb sollte man auch gemeinsam ein Haus kaufen, ohne das Fernziel, für immer zusammenzubleiben?

Wir legten eine Vivaldi-CD ein, die uns ein Geiger zugeschickt hatte. Das erste Stück fand ich als Stück sehr bewegend, Rehlein jedoch bekrittelte den flachen und wie angelernt wirkenden Ton des Geigers und meinte gar, wenn *ich* so spielen würde, so würde sie nicht die ganze Zeit an mich denken, während ich konzertiere. Und somit stellte ich mir bildhaft vor, wie´s wohl wäre, wenn ich tatsächlich so spielte?

Beim Lesen kommt bei mir immer mehr der Opa durch – in jenem Sinne, daß ich dem Beätchen am liebsten eine kritische Auflistung der Mängel ihres Briefes schicken würde.

Den Satz „Alles Leckere zum G-Tag!" empfand ich seltsamerweise als unappetitlich, und fühle mich beim Lesen wie eine Seniorin, die über dererlei nicht lachen kann.

Aber beim Anhören eines Geigers kommt bei mir auch der Opa durch. Der aufstrebende Violinist, der uns die CD geschickt hat, erwartet natürlich eine Stellungsnahme.

„Lieber Herr B. ! Wenn ich nun schrübe, daß mir Ihr Spiel gefallen hat, so wär dies der Höflichkeit zuviel. Lassen Sie mich einige kritische Anmerkungen machen:…" trat mir bereits ein Anfang in den Kopf, „ich beginne damit, Ihnen zu erzählen, was meine Mutter dazu gesagt hat…"

Mir fiel es sehr schwer, mich von Rehlein zu lösen, doch um viertel nach elf fuhr ich leicht verspätet und auch äußerst wehmütig ab.

Sehr lange gönnte ich mir keine Rast, doch dann rastete ich kurioserweise genau in jener Raststätte, wo ich in diesem Jahr bereits einmal mit Rehlein gerastet habe. Ich bildete mir ein, Rehleins Aura zu spüren, doch in Wirklichkeit spürte ich eher jene bedrückende Leere, daß Rehlein eben nicht dabei war. Noch bin ich nur räumlich von Rehlein getrennt, doch irgendwann schwebt Rehlein in einer anderen Dimension!

Ich aß einen köstlichen Salat, und als ich in der BILD las, daß die Ehe von Petra Schürmann vielleicht zerbricht, weil sich die Eheparteien nach dem Tod ihrer Tochter gegenseitig keinen rechten Halt zu geben vermögen, mußte ich an meine Worte denken, die ich dem kurz vorm Schwiegermuttertum stehenden Beätchen gestern zur bevorstehenden Eheschließung von Linda und Jim geschrieben habe: „Nett und höflich wäre natürlich, wenn ich den jungen Leuten viel Glück wünschen würde, doch ich wünschte eigentlich eher, daß etwas dazwischen kommt, so daß die Hochzeit wieder abgesagt wird - denn Lindaleins Platz ist bei uns in Europa, an der Seite Mings!"

Doch nun bewehte mich ein furchtbarer Schreck: Was wenn plötzlich einer der beiden stürbe?

Gestern hatte ich es noch so unfeinfühlig vom Beätchen empfunden, daß sie provozierend schrieb:

„Wir sind sehr froh darüber!"

(Worte wie von Königin Elisabeth damals, als der Charles so mehr oder minder gegen seinen Willen die Diana heiratete, die doch gar nicht zu ihm passen wollte.)

In Bad Lauterberg gefiel´s mir:

Die Kirche war genau in die Fußgängerzone eingeschmiegt, und an anderer Stelle sah man Sessellifte über Gebirgsbrüsten schweben.

Ich bündelte meine beste verfügbare Wellenlänge für Frau Dorothea Beppler, weil ich mir wünschte die Bekanntschaft würde über eine förmliche Höflichkeitsbekanntschaft hinausgehen. Ich stellte mir sogar vor, wie ich ihr sage: „Ich werde Sie nicht „Frau Beppler" nennen, sondern „Dotti!" oder gar…"Dott"!

Tatsächlich waren sich Frau Beppler, zirka 40 Jahre alt, und ich auf Anhieb sympathisch.

Frau Beppler, eine Mischung aus meinen Freundinnen Edith in Grebenstein und Ute M., die gerne in geflügelten Worten redet, ist so rechtschaffen und gut!

„Furztrocken!" sagte sie bodenständig über die Akustik, doch aus ihrem Munde klang der derbe Ausdruck eher amüsant, denn anstößig.

Nach dem Konzert nächtigte ich bei meiner neuen Freundin Dorothea, die ganz alleine in einem riesengroßen Mietshaus mit unzähligen Zimmern wohnt. Heute hatte sie allerdings Besuch: Ihre Eltern und ein verwandtes und vertrautes Ehepaar: Gabi und Martin Carièr.

Dem Abend haftete das sympathische Flair eines geselligen Beieinandersitzens zu DDR-Zeiten an. In jenem Sinne, daß alles ein wenig gröber aufgepixelt schien. Wie in einem alten Film, der noch vor 1989 gedreht wurde.

Ich selber spürte jedoch nur einen gemäßigten Plauderschwung. Vielleicht, weil es mir vor mir selber peinlich war, immer die gleichen Anekdoten zu erzählen?

Tatsächlich erzählte ich zwei Anekdötchen aus meinem Anekdötchenrepertorium:

Veronikas Einparkgeschichte:

Nachdem die Veronika sich endlich ein kleines rotes Auto gegönnt hatte, bemerkte sie bald, daß sie vergessen hatte zu bedenken, daß man in der Großstadt keinen Parkplatz zu findet pflegt. Allenfalls so enge Parklücken, daß man als Frau bloß schräg vor und schräg wieder zurückfahren kann – mit dem Resultat, daß das Auto immer gleich krumm in der Lücke steht.

An einem Abend war's zum Verzweifeln!

Ein mitleidiger Anwohner eilte herbei:

„Darf ich Ihnen behilflich sein, liebe Frau?" frug er freundlich und hilfsbereit. Dann versuchte er die Veronika in die Parklücke hineinzudirigieren – doch die Veronika hatte genug von Dirigenten, und war hinzu durch die Einparkerei derart zermürbt, daß sie dem Fremden einfach ihren Schlüssel anvertraute.

Im Eifer, der Dame zu imponieren parkte der Herr das Auto nun millimetergenau in eine enge Parklücke hinein. Überglücklich und mit heißen Dankesworten nahm die Veronika ihren Schlüssel wieder in Empfang – doch am nächsten Tag wiederholte sich das Drama in seiner umgestülpten Form: Sie konnte nicht mehr ausparken!

Und hier noch eine Geschichte von der Omi:

Wie man weiß, sind die Hessen nicht nur hilfsbereit, sondern regelrecht hilfswütig. Im Gegenzuge dazu hören sie jedoch meist nicht so recht hin, wenn andere reden.

Vor nicht allzulanger Zeit stand die Omi, hochbetagt mit ihrem gebogenen Spazierstock auf dem Bahnhof und wartete auf den Zug, der sie in die nahegelegene Kreisstadt Hofgeismar zum Augenarzt bringen sollte.

Ein Lebtag lang war sie auf dem gegenüberliegenden Gleise Richtung Kassel gefahren, und nun stand sie für das Auge einer aufmerksamen Dame offenbar auf der falschen Seite. Aufgeregt und hilfswütig eilte die Dame hin, um die sehbehinderte alte Frau vor der Unnötigkeit zu bewahren, in die falsche Richtung zu fahren. Soeben fuhr der Zug ein. „Halt!" rief die Frau, um die Omi am Einsteigen und einer vermeintlichen Fahrt ins Verderben zu hindern. Sie packte die Omi an den Schultern und sagte atemlos: „Sie wollen doch nach Kassel fahren, Frau König! Da müssense unter der Unterführung durch...andere Seite!"

„Nein, ich will nach Hofgeismar!"

Meint ihr, das dünne Stimmchen sei gehört worden? Die hilfswütige Frau zog und schob, wenn auch auf liebevolle Weise an der alten Dame herum. „Mein Mann bringt sie nach Kassel!" versprach sie, denn auch mit der Hilfbereitschaft Anderer geht der Hilfswütigen zuweilen großzügig um. Sie schob die Omi in ein Auto, worin ein mürrisch wartender Ehemann saß.

„Kannst du Frau König mal rasch nach Kassel fahren?!!"

„Was willse denn in Kassel?!?"

Fast wäre die Omi somit gegen ihren Willen nach Kassel verbracht worden – bloß, daß es das Anwaltsbüro Kilian schon lang nicht mehr gab. Der Chef ruhte seit vielen Jahren auf dem Gottesacker. Etwas, das die hilfsbereite Frau in ihrem Eifer zu helfen, schlicht vergessen hatte.

Doch nun erlaubte sich die Omi ein Späßlein: „Ach Gott, ich hab ganz vergessen, daß mein Chef bereits auf dem Friedhof liegt. Ich glaube, ich muß doch nicht nach Kassel. Fahrense mich nach Hause!"

Und der Termin bei der Augenärztin war der Hilfsbesessenheit einer Dame zum Opfer gefallen.

Als ich einmal kurz durch die Dunkelheit zum Auto lief, wehte mich eine gewisse emotionale Kälte an, doch als ich mich wieder umdrehte und auf das beleuchtete Haus zulief, fühlte ich mich besser, da mir die „Dott" auf ihre selbstverständliche Weise sogar das Du angetragen hat.

Samstag, 21. Juni
Bad Lauterbach – Flechtorf

Im Harz sehr frisch. Graumelierte Wolkenbänke –
Sonneneinströmungen und Gräue – erst am Spät-
nachmittag wurde es wirklich schön sonnig

Am Morgen lag ich auf der Matratze im Cembalo-
zimmer, mich fühlend wie ein gewärmtes Brötchen
in einem mit warmen Tüchern ausgelegten Früh-
stückskörbchen, und meine neue Gastfamilie ließ
mich auf feinfühlige Weise ausschlafen. Anhand des
fröhlichen Gelächters, das durch die Wände zu mir
herdrang, ließ sich jene Mutmaßung, die ich ohnedies
hegte, noch weiter ausbauen: Daß ich in eine Familie
hineingeraten bin, in der viel und fröhlich gelacht
wird.

Normalerweise wohnt die durch und durch patente
Dorothee (42 Jahre jung) ja alleine, doch nun war
das Haus durch die Verwandtschaft und vielleicht
sogar durch mich mit Leben gefüllt, und ein wirklich
nettes Frühstück entwob sich dem Vormittage.

Blickte man aus dem Fenster, so schaute man in
üppigste Vegetation hinaus, und es wirkte somit, als
stünde das Haus am Fuße eines hohen Harzberges.

Von meinem Platz aus schaute man auf einen
handgeknüpften Teppich mit einem röhrenden
Hirsch an der Wand, und überhaupt atmete vieles in
dem Haus die fünfziger Jahre. So erzählte ich von
unserem Trossinger Haus im Tal, und verästelte

mich solcherart in die Details, daß ich in meinen Schilderungen bis hin zu unseren Nachmietern, der Familie Unbehauen, hinüberschwenkte.

Die Familie Carièr, die ihr Wohnmobil im Garten abgestellt hatte, wollte heut weiterziehen.

Herr Carièr suchte den Autoschlüssel, und mich bewehte eine Ahnung, daß er nun daran herumsucht, ohne zu ahnen, daß der verschwundene Schlüssel jenem verschwindend geringen Prozentsätzen an Schlüsseln zugehört, die nie wieder auftauchen.

Der gutaussehende Vater, fast 70 Jahre alt, schenkte mir gar jene Videokassette, die er gestern spät noch vom Konzert überspielt hatte, und in seinem kleinen Kämmerlein mit der weichen Bettcouch legten wir sie sogar ein, um sie uns anzuschauen.

Ich stellte fest, daß ich toll spiele – bloß meist am Griffbrett, wie Buz es nicht so gerne sieht, und an der Spitze wird der Bogen leicht ein wenig schief – solcherart, als sei mein Bogenarm vielleicht um einen Zentimeter zu kurz für vollendetes Violinspiel?

Beim Blick aus dem Fenster lernte ich die Nachbarn kennen: Ein Ehepaar in den 70ern.

Der Herr schuftete gerade an einem kleinen Eck am Zaun, so daß man sehen konnte, daß er seinen Garten rentnergemäß in ein Paradies verwandelt hatte. Nett brachte die sahnehäuptige Frau ihrem Mann ein Tellerchen mit Obst.

Nach einer Weile telefonierte ich mit meiner lieben Frau Lange in Wolfenbüttel, und als ich mal sagte, ich könne heut nicht so lange telefonieren, machte Frau Lange so schnell Schluß, daß mir ein leichtes Unbehagen blieb. Stellvertretend für Frau Lange dachte ich gar, ich würde sie eventuell der Vielschwätzerei verdächtigen, bloß weil sie schon eine ältere Dame ist?

Ich gab genau Obacht, wie die Dorothee die Verwandten wohl verabschiedet?

Mit einer warmen innigen Umarmung, der noch eine kleine Nachberüttelung der Schulterblätter folgen sollte, während derer der verabschiedete Verwandte in ein geradezu überfreundliches, gerührtes Gesicht blicken durfte.

Ich fuhr auf der Landstraße Richtung Wolfsburg, und es wurde ländlicher und ländlicher. Schließlich kam ich in einen ausgestorbenen Ort ohne Anfang und Ende. Die Kirche schien sich vor mir regelrecht zu ducken, da ich sie nicht finden konnte. Dreimal kam ich, ohne fündig geworden zu sein, wieder an den Ortspo, durch den ich fast wieder in die große weite Welt hinausgeschwemmt worden wäre.

Na, der Leser wird´s erahnen können: Irgendwann fand ich sie doch.

Bis um vier Uhr hatte ich noch Zeit, und so fuhr ich zum Friedhof, um dort ein Friedhofspicknick abzuhalten.

Zunächst gefiel mir der kleine Friedhof nicht so besonders: Zu quadratisch, und die Häuser drum herum, grau und industrieweiß, wirkten trostlos.

Doch dann freute ich mich über eine warmgeschienene Bank, auf der sich sehr gut picknicken ließ.

Interessiert las ich im *Stern*, über die Friedman-Affäre.

„Mein Liiiiiiiiber!" pflegte er zu irgendeinem Chef in einem Nobel-Insider-Lokal zu sagen, und dererlei erinnert doch sehr an die Balkanesen in Rehleins Schilderungen.

Ich fuhr zur Kirche zurück.

In dem schönen Garten gegenüber der Kirche sah man eine Frau schimmern, und wie es so ist bei Erwartenden und Erwarteten: Man erkannte sich, und bedeutete einander durch fröhliche Blicke, daß man einander erkannt hat.

Oben im Haus lernte ich ihren seelenguten Mann Dietmar, und die beiden übermütigen, lustigen und hübschen Töchter kennen. Friederike, 10 und Ragna, 9. Die Ragna hat eine ganz tolle Figur und wunderschöne lange Haare, und bei der Friederike ahnt man bereits jetzt, wie sie dereinst als reife füllige Frau wohl ausschauen mag, indem sie nämlich bereits jetzt reif, füllig und mütterlich rustikal wirkte.

Gemeinsam schauten wir uns die lichte Kirche mit den kleinen geflochtenen Baststühlchen an, und oben brandete die Orgel auf. Eine der beiden übermütigen Mädchen orgelte los.

Laut und blechern wurden wir vom Flohwalzer betutet, die Mädchen wurden heiter und ausgelassen, und johlendes Gelächter, triefend vor Unreife, durchschmetterte das Gotteshaus.

Später gab es eine gemütliche Kaffeestunde in einem großen und geschmackvoll eingerichteten Wohnzimmer.

Die kleine Ragna hatte ein so unglaublich unordentliches Zimmer, durch das man sich kaum hindurchbewegen kann. Überhaupt war das große Haus sehr voll gepackt, wirkte jedoch gerad in seiner Völle sehr gemütlich.

„Ein Wimmelhaus!" rief ich fröhlich aus.

Der Geistliche, zirka 49 Jahre, ein Herr mit Stirnglatze zeigte eine gewisse Ähnlichkeit mit Lothar (Loddar) Späth, dem einstigen Baden Würtembergischen Ministerpräsidenten, und wir sprachen darüber, wie es wohl sei, die Bibel auswendig zu lernen? Man müsse ganz eisern drei Stunden am Tag lernen, und dann dauere es so etwa vier Jahre bis man sie intus hat.

Sagt man sie dann auf, so haben die Allermeisten nach wenigen Minuten genug davon - während der Gedächtniskünstler doch wohl brillieren möchte?

Auf Ermunterung des Vaters spielten die beiden Mädchen auf zwei Geigen ein Küchlerkonzert mit

einer Musik-minus-one-CD. Leicht intonationsver-
setzt spielten sie synchron.

Um 19 Uhr hub das Konzert an, zu welchem sich
etwa 24 Leute, darunter viele Kinder, eingefunden
hatten. Ein bißchen erinnerte die Atmosphäre an
eine Kindergartenveranstaltung mit Eltern am Sonntag Nachmittag, und man hatte das Gefühl, die Er-
schienenen hätten so etwas noch nie gehört.

In der Ballade von Ysaÿe verspielte ich mich solcherart, daß die Einleitung zu einem Zweizeiler zu-
sammenschnurrte, und im Schmerzstrudel der Ballade steckend, hatte ich das Gefühl, viel zu rasch zur
Sache gekommen zu sein.

Später gab´s ein Abendessen in der hohen Küche
mit einer geschmackvoll gemusterten Tapete (lauter
kleinen blauen Kaffeekannen mit künstlerisch gebo-
genem Rüssel), die allerdings bald abgerissen wird.
(Renovierung nach zehn Jahren).

Es gab warmes Fladenbrot und einen Kirschquark.

Am Tisch saß noch ein stilles Mädchen dabei: Die
lange, und langhaarige zwölfjährige Irina, deren Vater aus Bulgarien kommt.

Den längsten Tag des Jahres genoss ich vor dem
Hause, wo ich mich auf eine warme Bank setzte.

Die kleine Ragna blieb noch sehr lange wach, da
sie immer so viel vor hat. Die Tage scheinen viel zu
kurz für ihre vielen Vorhaben. Sie zupfte Rosen, die

sie sich ins Haar stecken wollte, um noch hübscher auszusehen, und sammelte Kirschen für einen Kirschkuchen.

Sonntag, 22. Juni
Flechtorf-Süpplingen-Ilsenburg-Wolfenbüttel

Schön sonnig. Am späten Abend wieder weißwölkig,
und sogar einige Regentropfen fielen

Am Morgen warteten zwei Auftritte in Gottesdiensten auf mich. Ob dies dereinst an der Himmelspforte zu meinen Gunsten ausgelegt wird?

Lässt Petrus mit sich verhandeln?

Mürrisch wie alle Tage blafft er mich an: „So, jetzt nennense mir mal *einen* Grund, warum ich Sie hier hereinlassen soll!"

„Oh, bitte nicht so förmlich! Nennen Sie mich doch bitte Kika, heiljer Petrus! Wie oft habe ich schon für Gotteslohn zu Ehren des HERRN musikziert?!"

Ich führe das Leben einer Eintagsfliege, indem ich es in vereinzelte Tage proportioniere, und nicht weiterdenke, als bis zum nächsten Bettgang.

Am Morgen war ich in einem bügelwarmen behaglichen Bettgehäuse erwacht. Direkt am Fenster, in einem kuscheligen Zimmer mit vielen bunten Bildern an der Wand, und sogar einer Puppenstube.

Einem Zimmer, in dem ich gern bis auf weiteres gelebt hätte. Doch meine Zeit war um, und nach einem hoffentlich netten Abschiedsfrühstück, galt´s zu neuen Ufern aufzubrechen.

Bald schon saß ich inmitten meiner neuen Familie am Frühstückstisch. Am tiefsten ins Herz geschlossen habe ich den gutmütigen Geistlichen, weil er immer so erheitert schmunzelt, wenn etwas nur ein bißchen lustig ist, und sogar seine Kinder - insbesondere den Sohn - so nett und höflich behandelt, als seien sie Gemeindemitglieder.

Die beiden Töchter der Familie wirkten vom Schlaf noch ganz benommen, und Mutti Agnes busselte liebevoll auf der kleinen Ragna herum.

Bei den Mahlzeiten geht´s hauptsächlich um die kleinen Freuden und Sorgen der Kinder. Und ich sitz´ halt dabei, und versuche ab und zu etwas Lustiges zu sagen, damit es nicht heißt, ich sei dümmlich, geistlos oder gar verstockt.

Fast hätte ich mich von den Kindern eher salopp verabschiedet, indem ich mich erhob, und Tschüss sagte. Doch dann besann ich mich um und gab allen dreien die Hand, zumal ich auch nicht ohne Wehmut denken mußte, daß sie bei unserem nächsten Treffen vielleicht schon ganz anders (älter) sind, und in dieser Form praktisch nicht mehr existieren?

Nachtrag 2022: Nie wieder gesehen!

Süpplingen im Landkreis Helmstedt:

Ich wurde von Herrn Severling begrüßt.

Einem Geistlichen, den ich mir nach unserem Telefonat gänzlich anders vorgestellt hatte: Jung, dürr, mit einem dünnen Balkenbärtchen auf der Oberlippe leicht anonymisiert, unsicher und bestrebt, alles korrekt zu machen. Doch nun lernte ich einen eher gemütlichen dicken blonden Herrn um die vierzig, mit einem aschblonden Backenbart wie zu Ludwig Thomas Zeiten kennen, kurzum, einen gemütlichen Wirtshaustypus mit in schwarzen Lederschuhen wie eingewickelt wirkenden Füßen.

Gemeinsam hielten wir den ersten Gottesdienst ab. Es erschienen etwa 24 fromme Kirchgänger, und sechs hennenartige Damen durften die Lesung halten.

Man las „Das Buch Rut", eine Bibelgeschichte, die ich noch gar nicht gekannt hab.

Rührend fand ich, daß Pfarrer Severling lauter Bilder zu dieser Bibelgeschichte herausgesucht hat, die er nun mit dem Diaprojektor auf eine Leinwand projizierte, obwohl's wie Kraut und Rüben durcheinander ging, wie ein Prof. Kebap* der Religionswissenschaften wohl moniert hätte? Alte Stiche, und dann wiederum wenig künstlerische Bilder aus einer Kinderbibel. Die Damen im hormonellen Patt lasen zum Teil etwas staksig, und doch so rührend drum bestrebt, das Gemeindeleben aktiv mitzugestalten.

Betrachtete man die Kirchgänger so mußte man sagen: Praktisch *genau* wie im Kirchenchor Opfingen: Alle tragen eine Brille!

Ich spielte ein paar langsame Sätze von Bach, und dachte stellvertretend für die Hörerschar, die doch für das abendliche Konzert angeworben werden sollte: „Das ist mir alles zu ernst und traurig!"

Hernach galt es sich ganz geschwinde auf den nächsten Gottesdienst zu sputen. Pfarrer Severling nahm mich in seinem Jeep mit, und ich in meinem grünen Gewande schaute aus wie eine Braut.

„Wen hat denn der Geistliche da schon wieder am Angelhaken?" dachte ich stellvertretend für die Gottesdienstbesucher in Süpplingen-Burg, wo wir soeben einfuhren.

Der Geistliche sang bei den Liedern aus voller Brust heraus, doch manchmal verfiel auch er in ein murmelndes Lallen, so daß man den Qualitätsabsturz stets ganz deutlich gehört hat.

Einmal las eine Omi eine Frömmigkeit vor, und wir mußten die nächsten beiden Zeilen im Chor lesen. Ich las einmal auf fränkisch und einmal auf schwäbisch.

Auf der Heimfahrt erzählte Pfarrer Severling, daß es ihn stets so freue, wenn die Gemeindemitglieder etwas vorlesen wollen. Er verbessere sie auch nicht, auf daß sie ihren frischen Mut beibehalten mögen.

Die eine Seniorin hatte einen Namen gänzlich falsch ausgesprochen, wie der Israelkundige lachend erzählte. Die Schwiegermutter von der Rut hieß „Noomi" – fachkundig sprach er zwei ganz kleingehackte „o"s hintereinander aus. Doch alle lesen „No ooooomi", und dies klänge so, als würden sie über ihre Omi sprechen. Viele denken dabei wahrscheinlich auch an Naomi Campbell?

In der Zeitung konnte man anhand einer Todesanzeige lesen, daß ein Ehepaar (beide Jahrgang 1966) ums Leben gekommen war, und Herr Severling kannte gar den tragischen Hintergrund, der sich um dieses unglückselige Ehepaar aus Königslutter rankte. Auf der Autobahn gerieten sie in einen Stau, doch der Lastwagen hinter ihnen bremste nicht gescheit, donnerte auf sie drauf und zerquetschte das Ehepaar, das ein sechsjähriges Söhnchen* hinterlässt, zu Mus.

*Den kleinen Robert, wie der Traueranzeige zu entnehmen war

Ich fuhr durch Cremlingen Richtung Ilsenburg.

Als ich am Schild „frische Spargeln" vorbeikam, stellte ich mir vor, wie ich *ganz viel Spargel kaufe, einfach an einem Hause schelle, und mich erböte, das Mittagessen zu kochen.*

„Ich muß heut Spargel essen, und Sie sind meine Gäste!" könnte ich auf die frische Art eines Hollandmädels zu den verdutzten Leuten sagen.

In Ilsenburg nahm ich vor einem Straßencafé Platz. Die hübsche junge Kellnerin war soeben in einen Flirt involviert. Sie wurde von einem jungen Sachsen mit gegelter, schrillgellber Igelfrisur beschäkert, und als sie mal kurz weg war, dieweil sie einer kleinen, einsamen dünnen Dame mit Hündchen ein Süppchen holen mußte, suchte der Beau gar den Dialog mit mir. Er sprach über Heuschnüpfen, dieweil ich so laut genießt hatte.

„Höhö!" sagte ich verbindend.

Ich suchte die Kirche an falscher Stelle.

Ein Ehepaar aus den Niederlanden gab mir engagiert Auskunft.

Kunstvoll gefaltet, und mit spitzem Turme stand die Kirche inmitten eines Parks in saftig grünem Grase.

Später traf ich das niederländische Ehepaar erneut. „Halloooh!" rief ich, von einer Woge freudigen Wiedererkennens gepackt, doch die Frau, die mir zuvor so engagiert Auskunft gegeben hatte, wirkte jetzt eher kurzangebunden, dieweil sie die Bekanntschaft auf gar keinen Fall vertiefen wollte.

„Da könnt ja ein Jeder kommen! Bis hierher und nicht weiter!" schien ihr Motto.

Ich spielte ganz schön, und bekam sogar ein Sträußlein von Pastor Peter Müller überreicht.

Auf der Heimfahrt nach Wolfenbüttel dachte ich über den kleinen Robert nach, der jetzt Vollwaise ist, und siedendheiß sprang mich der häßliche Gedanke an, daß sich in der Verwandtschaft vielleicht niemand findet, der ihn haben möchte? Das Fokussierungsglas meiner Fantasien richtete ich noch schärfer auf den kleinen Robert, und stellte mir vor, *daß er eventuell als dickköpfig und schwierig gilt, so daß sich die Verwandten einen husten? „Schönen Dank auch!" Und schließlich wird er zur Adoption vermittelt, und landet vielleicht bei einer so unmöglichen Frau wie dem bösen Uschilein?*

Abends kam ich beim Ehepaar Lange an.

Herr Lange saß seinem Namen zur Huld noch sehr lange vor dem Fernseher, während Frau Lange und ich uns in der kuscheligen Sitzecke niederließen.

Frau Lange zeigte mir Fotos ihrer Enkel Viktoria und Frederik, und man konnte beispielsweise sehen, wie der Frederik an seinem ersten Geburtstag mit der Hand in die Torte gepatscht hat. Dann zeigte sie mir noch ein Foto ihrer vom Unglück verfolgten Tochter Kerstin, die jetzt eine Stelle in Bremen gefunden hat, und auf dem Foto zwar lächelt – doch handelte es sich dabei um das Lächeln einer freudlosen, lebensgegerbten Gestalt. Einer dünnen und vom Schicksal unschön angefassten herben Frau. Sie sagt mit Unteron: „Mutter. Es geht mir gut!" Was so viel bedeutet wie, „Halt dich aus meinem Privatleben heraus, Mutter!"

Meine Blicke ruhten auf Frau Langes Speckwülsten, die beim Sitzen doppelte und dreifache Wellen schlugen. Man sieht sogar, wie sie ächzt und stöhnt, wenn sie sich mal bücken muß.

Dann wiederum saugte sich mein Blick an ihrem Fuß fest, der in einer goldenen Hauspantine stekkend, rotlackierte Fußnägel zeigte.

Am liebsten hätte ich nach Art vom Alfonse (einem Spaßmacher im Fernsehen) gesagt: „Frau Lange, Sie sind zu dick!" und später, als dann Herr Lange bei uns saß, hätte ich gern ausgerufen: „Herr Lange, sie sollten ein wenig Obacht geben, daß Ihre Frau nicht allzusehr aus dem Leime geht!"

Herr Lange ist manchmal etwas grob gegen seine Frau, und hie und da ist sich das Ehepaar uneins. Z.B. darüber, ob der Kater Rüdiger jetzt zwölf oder doch schon 13 Jahre alt sei?

Dann sprach man über Musik.

Frau Lange findet, daß viel Musik im Fernsehen geboten wird, doch Herr Lange findet es nicht. Einmal sagte er fast poltrig: „Neulich wollte ich ein Symphoniekonzert anschauen, doch da wolltest du unbedingt etwas Anderes sehen!"

Dann sprachen wir darüber, daß Sabine Christiansen einen neuen Freund habe, obwohl sie schon 45 Jahre alt ist. Frau Lange holte die BILD-Zeitung herbei, wo es rot auf weiß gedruckt stand.

„Donnerwetter!" staunte Herr Lange. „Das hätt´ ich nie und nimmer gedacht. 25 und keinen Tag älter!"

Einig war sich das Ehepaar darin, daß man nicht mehr so gerne weit wegreise. Höchstens vielleicht mal nach Baden-Baden oder Bad Gastein.

Montag, 23. Juni
Wolfenbüttel – Süpplingen

Deprimierend. Heiser bewölkt, grau,
ganz selten ein kurzer, verquollener Sonnenschein.
Abends in Süpplingen ein Unwetter

Gestern hatte mir Herr Lange noch so nett eine Glühbirne in eine Leselampe geschraubt.

Auch von ihm verabschiedete ich mich mit einer Umarmung, und er küsste mich so nett, wie ein Herr vom alten Schlage.

Am Morgen schälte ich mich notgedrungen aus dem Bett, da Mutti Lange das Frühstück auf neun Uhr anberaumt hatte.

Bald darauf saß ich mit den Langes in einem Winkel ihrer schmalen Terrasse. Ich erfuhr, daß bei Langes unlängst der Geschirrschrank zusammengebrochen ist, wenn zwar auch einige Teile gerettet werden konnten.

Ein vereinzeltes Tässchen von dem wunderschönen, edlen Geschirr koste 25 €uro!

Herr Lange hatte die schöne alte Kaffeekanne nostalgisch zusammengeklebt, und auch wenn man nichts mehr hineinschütten darf, so kann man sich wenigstens noch an dem Anblick erfreuen.

Er, den ich so sehr mag, ist ein stiller Herr, der bescheiden vor sich hinfrühstückte. Das, was er in seinem 75-jährigen Leben zu sagen hatte, ist gesagt, und seine leicht peinliche dicke Frau mit der dünnen gelbgefärbten Herrenfrisur geht ihm auf die Nerven.

Einmal war Frau Lange kurz vom Telefon hinweggerupft worden, und ich hätte jetzt natürlich voller Verständnis und Wärme sagen können: „Großer Gott, Sie Ärmster! Wie halten sie dies´ pausenlose Gegacker bloß aus? Die Frau muß Ihnen ja maßlos auf den Wecker gehen!?"

Doch stattdessen umscherzte ich etwas verlegen das Fiktionalium, daß dieser Anruf jetzt wohl von der Kerstin käme, die wieder nach Hause kommen wolle? In der großen weiten Welt würde sie der Wind viel zu scharf bepusten. Der wichtigste Ort der Welt KANN nur der Mutterbusen sein, dies habe sie gelernt.

Etwas müde, und frei von wertendem Beiklang erzählte der alte Mann, daß seine jüngste Tochter wegen schwelenden und nicht beilegbaren Mutter/Tochter-Konflikten ausgezogen sei.

Dann kehrte Mutti Lange allerdings bald wieder, da sie ja die Gewohnheit hat, Telefonate so rasch abzubrechen, daß sich der Telefonator direkt ein wenig vor den Kopf gestoßen fühlt.

„Viktoria hat jetzt deeee-fini-tiv die Windpocken!"
verkündigte sie in botschaftsübermittlungsfreudi-
gem* Tonfall.

*Dies passiert mir leider öfters. Ein Wort in Überlänge.

Ärgerlich sei, daß jetzt auch Mutti Verena - jene
Tochter, die das Glück gepachtet zu haben scheint -
auf den Ausbruch der Windpocken warte, - und
selbst Mutti Lange, und sogar *Herr* Lange könnten
sie bekommen, da man sich definitiv nicht erinnern
kann, sie je gehabt zu haben. (Ständig benützt Frau
Lange den Ausdruck „definitiv")

Bei Frau Lange ist es ein Ding der Unmöglichkeit,
Unterhaltsamkeiten und kleine Anekdötchen gescheit anzubringen, da die dicke Dame in der Mitte
der köstlichen kleinen Erzählung immer etwas ein-
flechten muß, das überhaupt nicht dazu passen will,
und die Geschichte gar zu verhohnepipeln droht.
„Wenn ich so ein Klischée schon höre!" ruft sie mit
gespitzten Lippen einer Dame aus einer gehobenen
sechziger Jahre Gesellschaft, und vibriert verständ-
nislos mit dem leicht nach hinten geknickten Haupt.
„Wichtig ist doch das Geistige!"

Frau Lange spricht oft vom „Geistigen", und dabei
hört man von ihr so gut wie nie etwas Geistiges,
auch wenn sie jetzt darüber sprach, daß sie ganz und
gar dagegen sei, daß die Kerstin bei der BILD-
Zeitung arbeite, - und Herr Lange empfindet seiner
Frau gegenüber einen derartigen Überdruss, wie
seiner Miene unschwer zu entnehmen war.

Ich frug das Ehepaar interessiert darüber aus, wie sich die Schwestern wohl untereinander vertrügen, und erfuhr, daß sie früher oftmals wie Katz und Maus gewesen seien. Die Verena sei fleißig und ordentlich, und die Kerstin ganz faul und ganz unordentlich, und die Kerstin habe sich zuweilen schamlos an der Wäsche ihrer großen Schwester bedient, so daß die Verena schier austickte, wenn sie dererlei bemerkte.

Ich erfuhr, daß sich das Ehepaar im Jahre 1967 auf Sylt kennenlernte, und Herr Lange stöhnte innerlich über diesen Zufall – denn wenn er sich recht entsinnt, wollte er damals eigentlich Ferien auf Rügen machen.

Mutti Lange indes hatte damals noch einen anderen Verehrer. Einen Moderator vom SWF-Baden-Baden, der sie heiraten wollte.

„Wollen wir nicht gemeinsam in die Steuerklasse I aufrücken?" habe er gesagt, um besonders geistvoll zu sein.

Herr Lange hat noch eine Tochter aus erster Ehe. Die heute 40-jährige Bettina (*19.11.62).

„...mit drei Töchtern gestraft!" sagte der alte Herr, und ein launiger Beiklang brach sich ähnelnd einem Sonnenstrahl aus der Trübnis Bahn. Plötzlich erinnerte er mich leicht an den Esslinger Opa (Opas Papi), auf dessen Zügen stets ein leiser und feiner Humor lag.

Von Herrn Lange verabschiedete ich mich zwiefach mit einem Kuss!

Der alte Mann hatte die Holztreppe vor dem Hause schwarz gestrichen, und dies sah etwas seltsam aus.

Auf der Weiterfahrt dachte ich manchmal über ihn nach und *stellte mir vor, wie ich mich an ihn ranmache. Ich rufe ihn an, und erzähle ihm, daß ich ihn ins Herz geschlossen habe. Oder ich schreibe ihm kleine Briefe, und mache ihm den Mund wässrig, noch einmal auszusteigen und ein neues Leben zu beginnen.* („Man ist nie zu alt!" zwitscherte Ute M. in mir.)

In der Kirche von Süpplingen übte ich für das morgige Konzert, und währenddessen ging draußen ein Unwetter los. Der aufmerksame Pfarrer Severling kam vorbei und brachte mir einen Schirm.

Später, in düsterer, sehr stürmischer Wetterlage saß ich mit Herrn Severling und seiner netten, dicken Putzhilfe Petra beim Tee, und wir unterhielten uns sehr verbindend über Zahnschmerzen, da nämlich die Petra welche hatte und schon zwei Schmerztabletten einschmeißen mußte. Die Zahnärztin findet allerdings trotz emsiger Suche nichts!

Bald darauf begann das heutige Konzert.

Ein bißchen hatte ich befürchtet, es käme niemand, zumal man zuvor an der Kirchentüre eine regelrechte Windhose hatte toben sehen. Doch es kamen zirka 22 Interessierte, so daß mein Lächeln bei der Verbeugung echt war.

Heute mußte ich mindestens 112 € verdienen, da ich mir vorgenommen hatte, bei fünf Konzerten tausend Euro einzunehmen.

Während ich mich noch auf der Geige abmühte, schien schon wieder die Sonne, und jene Kirchbank, auf der der liebe Pfarrer Severling saß wurde sogar gülden angestrahlt, so daß ich immer wieder überwältigt hinschauen mußte.

Hernach brachte mich Pfarrer Severling in die Pension Kirchhoff, die zu einem Bauernhof gehört. Wie fast alle Pensionswirtinnen war die Frau Kirchhoff (zirka 34 Jahre alt) nett, aber nicht ganz.

Für das biedere kleine Zimmer wollte sie 40 €, und ich erwog zu fragen, wieviel es wohl ohne Frühstück koste? Doch ich traute mich nicht. Zuerst war Frau Kirchhoff erfreut, daß ich wiederspruchslos zahlte, doch dann arbeitete es sichtbar in ihr, und sie hätte sich ohrfeigen mögen, daß sie nicht 60 oder 70 € verlangt hat.

Ich lief durch die Bauerndorfatmosphäre zum Gasthaus „Kamin", und lernte unterwegs zwei kleine Mädchen mit Milchzähnchen kennen. Jasmin und Samantha. Die beiden hatten Schnecken gesammelt, und erklärten mir, daß sie die in Sicherheit bringen wollten.

„Da werden sich die Schnecken gewiss freuen!" sagte ich warm.

Dann saß ich in der Raststätte „Kamin" und fand die Wirtin so nett.

Ich las in der BUNTEN, daß sich Boris und Babs nach dem schrecklichen Rosenkrieg nun wieder vertrauen, und wie der altersmild gewordene Reich-Ranitzky sich mit Günther Grass versöhnen möchte.

Dazu aß ich gebackenen Feta und Vanille-Eis mit heißen Kirschen.

Als ich weit nach Mitternacht zum Bauernhof zurücklief, war der Himmel noch ein bißchen erleuchtet, und sah so schön aus.

Dienstag, 24. Juni
Süpplingen – Goslar

Sommerlich warm. Meist sonnig, doch zuweilen gab´s auch Wolkenzusammenballungen zu sehen

Ich träumte:

In einem wunderschönen großen Zimmer mit feinstem antiken Mobilar hüpfte ich in Vorfreude umeinander, dieweil im Radio gleich eine Händel-Oper übertragen werden sollte.

Leider quatschte die Ansagerin unablässig über das Opernsujet, während ich doch nur auf die Musik spitz war.

Es schellte, und vor der Türe tauchte der Opa mit allerlei Gartengerät auf. Obwohl er doch schon so steinalt war, strahlte er großen Schaffensdrang aus.

Einmal krümmte sich der Opa auf launige Weise, um humorvoll zu demonstrieren, wie er demnächst wohl ausschaut, wenn er noch älter geworden ist. Nämlich ganz gebogen.

Ich hatte mir vorgenommen, um elf Uhr die Beerdigung von Bernd und Anja Scharping aus Königslutter zu besuchen. Jenem so tragisch verunfallten Ehepaar, das den kleinen Robert hinterlässt, über dessen Schicksal ich pausenlos nachsinnieren muß.

Am Vormittag übte ich in der Kirche und so, wie Uschi Glas es sich noch erlauben kann, im gesegneten Alter von 59 Jahren im Bikini in Erscheinung zu treten, so durfte ich es mir erlauben, alle 15 Minuten zu pausieren.

Ich saß hierzu auf der warmen Bank vor dem Gemeindehaus, lauschte dem Gesang der Vögel, und man konnte es kaum glauben, daß gestern an gleicher Stelle noch eine Windhose getobt hatte. Der Geistliche schickte sich an, Brötchen zu holen, und grüßte freundlich im Vorübergehen…

Später war das Frühstück dann doch ein wenig kolpinghaft. Eilig wurde klobiges und schmuckloses Geschirr auf den Tisch gestellt, und wir sprachen unverhältnismäßig viel über das Löwenzahngelee, welches von einer Dame zubereitet worden war.

Wir aßen mit zwei Mitarbeiterinnen, und es schimmerte durch, daß der Geistliche immer auf Nadeln im Po sitzt, dieweil er als Pfarrer einen Termin nach dem anderen wahrnehmen muß.

Nach dem Frühstück bastelte der bastelfreudige Geistliche an einem Spiel mit Magnetwürfeln für die nächste Bibelfreizeit.

Überraschend rief mich meine alte Freundin Frau Max aus Goslar an. Und daß Frau Max so freundlich war, hatte ich gar nicht gewusst, da der eine Satz in ihrem letzten Brief („Bitte mit Voranmeldung!") direkt ein bißchen strenge klang. Doch nun schimmerte durch, daß Frau Max sich wahnsinnig auf mich freute, zumal sie das gesellige Beisammensein vom letzten Mal in so großartiger Erinnerung hatte.

Frau Max klang am Telefon froh und vergnügt — fast solcherart, als wolle sie sich vor Vergnügen die Hände reiben.

Ich picknickte auf dem Friedhof von Königslutter in Sichtweite des frischaufgeschaufelten Grabes der verunfallten Eheleute.

Unfassbar: Vor einer Wochen waren sie noch wie Du und ich in den Alltag verwoben, und schon geht's los mit der ewigen Ruh!

Ich studierte die Bild-Zeitung:

Olli Kahn machte Urlaub mit seiner Frau, dieweil er sich mit seiner neuen Flamme schon zerstritten hat.

In Berlin stürzte sich die 15-jährige Ulrike aus dem Fenster, dieweil sie sich zu dick fand, und Angst bekam, sie würde nie einen Freund finden.

In meinem Blickfeld stürzten sich emsige Arbeiter in die Aufgabe, den riesigen Erdhügel, der sich durch

die Aushebung der Gruft gebildet hat, wieder abzu-
tragen, und das Grab zuzuschaufeln.

Goslar:

In das ausgelegte dicke Gästebuch der Kirche
schrieb ich: „Opa, wo bist du?" weil ich den Opa gar
nicht mehr spüre, und an anderer Stelle schrieb ich:
„Mobbl, ich liebe Dich!" Wobei das Pünktchen unter
dem Ausrufezeichen in ein großes Herz verwandelt
wurde.

Dadurch, daß das Konzert heute sehr spät anheben würde - erst um 21:30 - war mir so viel Zeit
beschieden. Ich übte oftmals hinter der Balustrade,
so daß man mich bloß hörte und nicht sah.

Vor der Kirche begrüßte mich meine betagte, aber
immer noch sehr rüstige Freundin Frau Max mit
einer warmen Umarmung.

Auf der Bühne waren die Kerzen, die zu meinem
Spiel erschimmern sollten, so streng angeordnet, daß
man direkt ein bißchen damit rechnen mußte, mein
grünes Kleid könne in Flammen aufgehen, wenn ich
auf die Bühne trete, um mich in Positur zu stellen.

Als etwas unpoetisch empfand ich, daß Kantor
Helge M. seine Ansage durch ein leicht quietschen-
des Mikrophon sprach, so wie im Zirkus.

Man sah, daß sehr viele Leute gekommen waren.
Unter anderem ein riesengroßer Chor aus Ghana,
der in Goslar eine Chorfreizeit abhielt.

Zuerst klatschten die Leute überhaupt nicht, und ich empfinde es doch immer als so demütigend, sich ins Leere hinein verbeugen zu müssen.

Aber nach den vereinzelten Nummern klatschten sie doch. Ich weiß gar nicht wie ich spielte, doch es gefiel, und draus kam ich gottlob nicht.

Dann verbrachte ich einen sehr langen Abend (bis zwei Uhr in der Nacht) mit Herrn Metzner und Frau Max in Frau Maxens kleiner altmodischer Stube.

Es gab Erdbeeren mit Sahne, Kekse und einen Creme Cherry (einen Likör).

Wir erfuhren, daß Herr Metzner wöchentlich acht Stunden Musikunterricht in der Schule erteilt.

Aber die Arbeit ist mühsam, und bereitet keine Freude, da die Jugend frech und desinteressiert ist. Leider raucht Frau Max wie ein Schlot. Ich fand's schad, da mir die alte Dame ansonsten so bewundernswert vorkommt.

Mittwoch, 25. Juni
Goslar – Grebenstein

Wunderschön sonnig

Am Morgen werkelte Mutti Max bereits in der Küche herum, und hatte sich hinzu mit goldenen Klunkerohringen verschönt, dieweil sie doch heute zur Beerdigung vom Mann ihrer Freundin mußte.

Sogar frische Brötchen hatte Frau Max bereits geholt.

Frau Max erzählte von ihrer Schwiegertochter Ute: („Ute & Uwe Max", nur ein vereinzelter Buchstabe trennt die unten im Hause lebenden Eheleute) die Arzthelferin von Beruf ist, und immer vom Bedürfnis begleitet wird, Arztgeschichten zu erzählen — solcherart als schwärme sie für ihren weißbekittelten kahlköpfigen Chef.

Frau Max ist bestrebt, nicht allzuviel mit den Kindern zu unternehmen, da man sein eigenes Leben führen solle. Doch jeden Tag raucht sie mit der Schwiegertochter eine Zigarette.

Frau Max´s Sohn Uwe mag sich die Arztgeschichten nicht anhören, und Frau Max mag es auch nicht, aber sie als kultivierte Dame weiß ja, daß man auch mal zuhören muß.

Auch beim jährlichen Klassentreffen, wo es immerhin noch zwölf Mitschüler der Jahrgänge 20/21 gibt, wundert sich Frau Max, daß es scheinbar nicht möglich ist, mal ein Gespräch über Kultur zu führen!

Alle reden nur über Krankheiten und ihre Enkelkinder. Umso mehr hat Frau Max das Gespräch mit Herrn Metzner und mir genossen.

„Hat er Ihnen schon erzählt, was für eine tolle Rezension wir für unsere Mozart-Messe bekommen haben?" frug sie plötzlich mit leuchtenden Augen, und huschte geschwind hinweg, um die Noten herbeizuholen.

Die in warme Worte gefasste Rezension hat sich Frau Max vor freudiger Rührung sogar in die Noten geklebt, und ich las sie laut und feierlich vor, und freute mich mit.

Dann verabschiedeten wir uns, und ich lief durch die Morgenfrische zum Gemeindebüro. Dort wollte ich mein Gehalt einklagen, und eine dicke nette Kirchenfrau rief gar bei Herrn M. an. Doch gerad wie in einer Wilhelm-Busch-Geschichte hatte sich der Kantor aus dem Staube gemacht, und es könnte jetzt natürlich angehen, daß es mir mit ihm so geht wie Ming mit Sebastian Hess: Ich erwische ihn nie wieder, und falls es mir doch einmal gelingen sollte, so sagt er vielleicht ganz eilig: „Oh, es passt grad ganz schlecht. Ich ruf zurück – ja??" Doch er ruft niemals zurück.

„Ich freu mich auf die Oooomi!" suchte ich mich im Auto in eine frohe Stimmung zu versetzen, und manchmal sagte ich auf sächsisch: „No-omi!" so wie die lieben Landfrauen in der Bibel-Lesung.

In Grebenstein wollte ich die Vorfreude auf die Omi noch etwas auskosten, und besuchte den Friedhof. Dort setzte ich mich auf eine Bank, und dachte etwas solcherart: „Jetzt sitze ich hier, wo meine Omi seit zwei Jahren hingehört. Ich besuche die Omi gern, doch wenn sie erst hier ist, so besuche ich sie nochmal so gerne!"

Dann fuhr ich den Burgberg hinan, und klingelte einmal sogar vergebens ganz leis. Ich nahm mir vor, auch im späteren Leben, wenn die Omi mal auf dem Friedhof liegt, immer wieder nach Grebenstein zu kommen, um der Omi ‚Guten Tag‘ zu sagen.

Im Geiste sah ich mich heut in zwanzig Jahren *in einem Eisenbahnabteil. Die Landschaft zieht vorbei, und ich schmökere in einem schlanken Kriminalroman. Ein reifer Mitreisender sucht den Dialog.*

„Wo reisen Sie hin, schöne Frau?“

„Nach Grebenstein!“

„Ist mir ein Begriff. Grevenbroich!“

„Nein. Nach GrebenSTEIN!“

„Grevenstein – mhm. Gibt es dafür einen bestimmten Grund?“

„Ich möchte meine Omi besuchen!“

Doch nun besuchte ich erstmal Frau Wies.

Der grässliche Hund von den Wiesens „begrüßte“ mich so häßlich mit markerschütterndem Gekläffe, daß ich eine große Verärgerung über ihn empfand.

Erstmals betrat ich heut das Wohnzimmer der Familie Wies. An der Wand hingen unzählige Hirschgeweihe, und auf dem Tisch lag ein Buch mit dem Titel „Prostata-Krebs“, so daß einen schon eine Ahnung beschleichen konnte, es habe den Hausherrn erwischt. Frau Wies wirkte allerdings sehr vergnügt, ließ aber durchschimmern, daß die Omi gesagt habe, ich käme erst morgen. Und wenn Frau Wies dies gewusst hätte, so hätte sie doch für heut einen Friseurtermin abmachen können!

Frau Wies stöhnt ein bißchen darüber, wie eisern die Omi an ihrem Leben festhält, und frägt sich, warum man die ewige Ruh´, die doch von unvergleichlicher Süße sei, unbedingt so lang hinauszögern muß?

Bei der Omi war´s dann ganz nett. Wir saßen entspannt beisammen, und ich erfuhr, daß eine kleine „Ayla" auf die Welt gekommen sei.

Ein Töchterlein von Buzens Exe Hilde.

Zu den Schröders nebenan hat die Omi leider nur wenig Kontakt. Der Schröder werkelte leicht mürrisch im Garten vor sich hin, *und es wäre doch wirklich nett gewesen, er hätte gesagt: „Was macht die Omi? Alles paletti?"*

Nett und überraschend wäre auch, wenn der Schröder abends klingelt und sagt: „Frau König, wollense sich nicht ein wenig zu uns setzen?" Dann schiebt man den Rollstuhl hinüber, und der Schröder sagt: „Sie trinken doch ein Bierchen mit?"

Es könnte doch sein, erzählte ich der Omi verheißungsvoll, daß die Schrödersche heut in Kassel einen Bibelkundler getroffen hat, der sie zu einem Bibelseminar einlädt? Dort erfährt sie dann, daß sie viel mehr Gutes tun müsse als bisher angenommen.

Abends saß ich noch im Schein der Lampe an Omis Bett, und die süße Omi sagte mir so nett, daß ich ein Engel sei. Ich weiß, daß ich keiner bin, aber ich freute mich sehr über die schönen Worte, und beschloss, einer zu werden! Und dafür ist es nie zu spät.

Donnerstag, 26. Juni

Fast immer sommerlich schön

Wieder schlief ich dank dreier Baldrianpastillen atemberaubend, so daß ich mich am Morgen erholt wie nach einem erfüllenden Urlaub gefühlt hab.

Über das unvermeidliche Omizurechtsatteln hatte ich ein Motto gestellt: Es gern und mit Freuden zu betreiben! Wie ein warmer Sonnenstrahl trat ich auf das verglimmende, auf dem Vorkatafalk liegende Knochgestell zu, und dank meiner positiven Ausstrahlung war die Omi sehr gut gestimmt.

Zu den 21 Tischumrundungen mußte ich der Omi dann allerdings wie im Märchen hinterdreinwackeln, und wieder überlegte ich, wie lang die Strecke, die die Omi da abwackelt wohl sei, wenn man sie in die Länge zöge? Ich kam auf 35 Trippelschrittchen pro Tischumrundung. 735 OTS (Omitrippelschritte. Das wäre fast ein Kilometer. (Mit Betonung auf „fast")

Heut hatten wir bloß mehr eine Scheibe Brot, und diese eine war ziemlich hart. Ich schmierte und stükkelte sie für die Omi zurecht, doch die Omi ißt so gut wie nichts, und um ihren Platz bei Tisch herum sammeln sich welkende, vertrocknende und sich verfärbende Speisereste.

Wir sprachen davon, wie die Omi jetzt den Herrn Neubauer überlebt hat, und nun wird sie womöglich auch den Herrn Wies überleben.

Ich erzählte der Omi, daß Frau Wies gestern in Erwartung fröhlicher Witwenschaft ziemlich gut drauf war. Eines nicht mehr allzufernen Tages wird sie von der alten Frau König und ihrem Jünther erlöst. Dann nimmt sie die Geweihe von der Wand und beginnt ein neues Leben.

Ich beplauderte die Omi damit, daß der Herr Wies jetzt meint, sterbenskrank zu sein, doch in Wirklichkeit ist er kerngesund, weil die Ärzte sich mit der Diagnose vertan haben.

Der Arzt habe vielleicht gesagt: „Tja lieber Herr, das sieht leider gar nicht gut aus!" Dann wartet er eine Weile bis Herr Wies sich mit diesen herben Worten arrangiert hat, um sodann in Galgenhumore hinzuzufügen: „An Ihnen werde ich wohl nicht reich!"

Kleiner Scherz, den sich ein Zahnarzt einst mit Buz erlaubt hat

Schon am Vormittag kam uns überraschend die Edith besuchen. Wir sprachen über ihren Sohn Thomas der, gerad so wie Hildes Mohr, morgen seine letzte Prüfung ablegt, und dann Mechatroniker wird. Ein interessant klingender Berufszweig, von dem ich noch gar nichts gehört hatte.

Einmal weinte die Edith plötzlich um ihren lieben Mann Hans.

„Wir waren schließlich 41 Jahre verheiratet!" die rührende Edith tupfte sich die Tränen ab, und ich umarmte sie fest. Doch sie weinte in Erinnerung daran, daß seine Geschwister so sehr geweint hätten.

Die Omi im Rollstuhl wirkte recht jovial, und rankte schöne Worte um den Thomas, den sie schon immer habe gut leiden können. Dies sagte sie, ohne daß es ihr vor mir peinlich gewesen wäre, daß sie über ihn hauptsächlich Dinge wie diese hier sagt:

„Ach Gott, der Junge taugt nicht viel!"

„Aha, die Omi dreht ihr Fähnchen nach dem Winde!" hätte ich im Grunde kampfeslüstern denken können, wenn ich ein Typus wie das böse Uschilein, oder aber die Exe von Buzens Spezi Yossi gewesen wäre.

Ich rief den Omar an, um ihm zu seinem kleinen Töchterlein zu gratulieren, und der Omar war so nett. Dann versprach ich, ihm morgen zwischen 8:30 und 11:30 die Daumen zu drücken, und wenn meine Oma mich bittet, ihr zu helfen, so muß ich sagen: „Das geht gerade nicht – ich habe keinen freien Daumen, und ohne Daumen geht gar nichts im Leben!"

Die Hilde selber befand sich gerad im Aufbruch, ihre Mutti zu besuchen, und hatte hinzu Besuch von ihrem Vater und der bösen Farideh – der Neuen an seiner Seite.

Die Omi reagierte äußerst unwirsch und verärgert, als sie hören mußte, daß Hildes Vater eine iranische Freundin habe.

„Der hat sie doch nicht mehr alle!" polterte sie verärgert. „...statt sich eine ordentliche normale Frau zu suchen!"

Das böse Uschilein wäre empört gewesen.

Ich hatte uns Nasigoreng gekocht, und wie meist bei dieser Delikatesse viel zu wenig.

Zum Essen sprachen wir darüber, daß Omi Kionczyk, die immer nur gearbeitet, und ihr Leben lang für die Anderen da war, sich´s in ihrem wohlverdienten Lebensabend nun bieten lassen muß, daß Edith und Thomas darüber beratschlagt haben, daß man sie eigentlich nicht mehr ans Telefon lassen dürfe, denn wer weiß, was sie da für dummes Zeug schwätzt?

Ich erzählte der Omi von Hildes Papi, der einen auf „Vater Thereso" macht, so daß das Ellachen ihn wieder gemocht hat.

(Er reiste nach Aserbaidschan, um unentgeltlich für die Armen und Kranken da zu sein.)

Dann brachte ich die Omi zu ihrem Mittagsschlummer ins Bett, und schaute „Kalwass um zwei":

Eine Ehefrau war so wütend auf ihren Mann, der sie früher mal verdroschen hat, und jetzt nach 18 Jahren wieder „gut Wetter" machen wollte. Doch die Frau war fassungslos. Frau Kalwass riet ihr, sich in Drohgebärde vor ihrem Manne aufzubauen, und ihm knallhart ins Gesicht zu sagen, *was* sie so sehr in Wut und Rage versetzt habe? Frau Kalwass meinte gar, Hass sei tiefgefrorene Liebe.

Hernach pflückte ich die Omi wieder aus dem Bette. Ich erzählte der Omi, was ich heut auf dem Friedhof gedacht habe: Daß ich sie auch dann noch besuchen würde, wenn sie dereinst auf dem Friedhof liegt. Ich machte sogar jetzt schon vor, wie ich dann dasitze und erzähle: Ich erzähle von Frau Langes Leibesfülle, die von übergroßer Naschlust zeugt, und wie ich dann eines Tages sagen muß: „Omi, du glaubst nicht, was passiert ist: „Frau Lange fällt tot vom Stuhl im Caféhaus. Batsch! Aus! Exitus!"

Ich fuhr damit fort, die Omi zu bebabbeln, und erzählte, wie die Queen ständig sagt: „I ´m not amused!" Dies sage sie, damit sie nicht lachen muß, und keine Fältchen bekommt.

Dann erzählte ich, wie ich im Altweibersommer mit Onkel Dölein durch Deutschland reisen will. Wir besuchen seine alten Freunde, und ich tue so, als sei ich Onkel Döleins Ehefrau, die kein Wort deutsch versteht. Doch in Wirklichkeit verstehe ich jedes Wort!

Abends konnte ich echt froh sein, daß ich mich umkonditioniert habe, denn ohne meine Umkonditionierung hätte mich die Omi ganz rappelig gestimmt, dieweil sie so oft sagte: „Du kannst jetzt nicht so dasitzen, Mädchen. Sieh mal zu, daß du mal schaust, daß hier alles in Ordnung ist!" Und kaum hatte sie es zuende gesagt, da sagte sie es nochmal.

Onkel Hartmut hatte sein Kommen zunächst für 18:30 angekündet, und dann auf 19:14 verlegt.

Ich holte ihn vom Bahnhof ab, da ich kaum etwas mehr liebe, als jemanden vom Bahnhof abzuholen.

Der Weg zum Bahnhof war leider aufgerupft, aber die Sonne schien so schön.

Der Onkel entstieg dem letzten Waggon, und gemeinsam kauften wir noch bei REWE ein.

Leider litt die Omi daheim schon wieder an einem gestiegenen Rappeligkeitsspiegel, und so besuchte ich die Edith, damit die Omi den Hartmut besser genießen könne.

Als ich auf das Haus zutrat, klopfte Omi Kionczyk an ihr Omizimmerfenster im Oberstock, und im Treppenhaus wenig später umarmte ich sie inniglich.

Die Edith arbeitete im Garten, und litt an einem Ausschlag auf ihrem bloßen Arm. Ich durfte Him- und Johannisbeeren pflücken, und fühlte mich dabei familiär getragen, auch wenn man es unschön gespürt hat, wie Mutter und Tochter einander auf den Wecker gehen. Die Edith ist von ihrer Mutti so genervt, und die Mutti demgemäß oftmals pikiert.

Immer wieder rief die Edith mit einer leicht schneidenden Stimme, die man sich nur den allerengsten Verwandten gegenüber erlauben darf nach dem Thomas, der hie und da an der Peripherie aufschimmerte. „Hast du dich denn schon bedankt??"

(Anklangend ausgesprochen, als wolle man jemandem streng am Ohr ziehen) - da drei Tanten zusammengelegt, und dem Thomas einen Geldberg geschenkt hatten.

Wir setzten uns auf Gartensessel, und ich sprach davon, daß meine Omi mich nicht so gerne hinausgehen lässt.

„Ich bin eine Gefangene!" sagte ich, wenn auch heiter-neutral im Tonfall, und genoß das Beisammensitzen in der Abendsonne.

Nach einer Weile ging ich wieder, und daheim hätte ich gerne erzählt, wie sehr mich der Besuch bei der Edith erfüllt hatte.

Doch man hätte es wahrscheinlich nicht so ganz verstanden.

Der Onkel richtete uns so nett köstliche Mattjesbrötchen, und schenkte Sekt aus. Beim Ausschankvorgang erzählte er, daß er die Namen „Erika" und „Franziska" nicht so mag, und während er sich auf dem ausgeleierten Sofa niederließ, erzählte er von der Rothfuß*-Familie.

*Rehleins Ursprungsfamilie – damals in Bonn ansässig – wo der Onkel einige Wochen seines Lebens gelebt hatte

Nach so vielen Jahren erfuhr man nun, daß die Omi Mobbl den ganzen Tag Kaffee trank, und meist über die Schlechtigkeit der Welt referierte. Hie und da setzte sie sich ans Klavier, und spielte göttlich.

Da war ich so stolz auf die süße Omi Mobbl im Jenseits.

Während ich mit Ming telefonierte, schlummerte der Onkel Hambum auf dem Sofa.

Freitag, 27. Juni
Grebenstein – Sulzfeld

Meist sonnig und schön.
Nur am Abend hellgrauer Wolkenüberzug

Am Morgen war die Omi ganz rappelig und zappelig gestimmt, sagte oftmals nervös: „Biddö??!" und verbreitete eine unerträgliche Nervosität darüber, daß der Onkel Hartmut noch schlief.

„Sieh mal zu, daß du ihn weckst, Mädchen!" sagte die Omi über und über und: „Wie lang habt ihr denn gestern noch geredet? So was Idioootisches!"

„Haaaartmut!" rief die Omi so laut sie nur konnte, so daß zu hören war, daß noch viel Kraft in ihr steckte.

Onkel Hartmut war freudig überrascht, daß er durch die gestrigen Baldrianpillen so unglaublich gut geschlafen hatte, und sich nunmehr anfühlen durfte wie jemand, der erholt und mit Lebensfrische betankt aus dem Urlaub zurückkehrt.

Wir schickten die Omi in ihre Umlaufbahn. Ich wackelte hinterher und beschmökerte dazu den roten Kriminalroman „Die verschwundenen Gattinnen".

Frikadellendüfte zogen aus der Küche in die Stube, und durch den Türrahmen schimmerte der Formalist Hartmut bei der Frühstückszubereitung.

Bald darauf frühstückten wir los.

Onkel Hartmut hatte eine Nummer gewählt, hielt das hohl tutende Telefon ans Ohr, und Verärgerung kroch in ihm empor, weil man nie jemanden erreicht. Schließlich erreichte er die Sekretärin, Frau Dabruns, doch und schimpfte ein bißchen herum. D.h. der ihm Gegenübersitzende sah immer noch ein gutmütiges Lächeln auf seiner Mundpartie, doch auf die Sekretärin hat es sicherlich wie eine Schmähung gewirkt, zumal sich der Hartmut sehr etepetetelig in einem internen Thema verlor.

Heut war Hans Eichel auf der Titelseite der HNA abgebildet, und es schaute aus, als würde er in der Nase wühlen. Etwas, über das ich auf Art einer älteren Dame entrüstete Worte machte. Doch die Omi, die nur selten meine Meinung teilt, scherzte: „Ach, schadt doch nichts! Die Hauptsache, er findet was!"

Nach dem Frühstück mußte das Mittagsessen in Angriff genommen werden, doch zuvor wollte der Hartmut noch den Burgberg hinaufwandern, und ich setzte mich neben die Omi, um mich mit der Omi wieder anzuwärmen, indem ich an ihrem dünnen Ärmchen herumspielte – es nicht fassen könnend, daß dies auch einmal ein gepolstertes süße Kinderärmchen gewesen ist!

Ich packte mein Auto, und blieb so lange aushäusig, daß kein Argument der Welt mehr gegriffen hätte. Ich hatte nämlich zwei Leute kennengelernt: Als ich die Erdbeeren zum Auto trug, rief ein Arbeiter, dem das Wasser im Mund zusammenlief, nekkisch: „Lassen Sie die Erbeeren gleich da!" Da lief ich hin, um ihm und seinem Kollegen etwas anzubieten. Der Herr lachte so bezaubernd, und meinte, es sei doch bloß ein Scherz gewesen.

„Ich weiß genau, wie es sich anfühlt, wenn einem vor Genußsucht das Wasser im Munde zusammenfließt!" sagte ich herzlich und wohltätig. „Greifen Sie doch bitte zu!"

Verlegen und doch erfreut griffen sich beide Herren eine Erdbeere.

Mittags kochte ich etwas Köstliches:
Nasigoreng.

Zum Essen beplapperte ich die Omi damit, daß sie jetzt doch einen ganz langen Brief schreiben könne? An jemanden, der diesen Brief gar nicht erwartet. Zum Beispiel an die Tante Christa? Doch die Omi wüsste gar nicht, was sie der Christa schreiben könnte, und so machte ich ein paar Vorschläge: „Meine liebe Christa! Ganz herzliche Grüße aus Grebenstein. Ich sitze so da, und zu meiner Linken mein (unser) lieber Hartmut, der im Roman „Die verschwundenen Gattinen" liest."

Ein Anfang wäre gemacht, und wenn sich daraus nicht ein paar Assoziationsketten entweben ließen?!

Hartmut und ich spülten das Geschirr, packten die Omi zu ihrem Mittagsschlummer ins Bett und fuhren nach Sulzfeld zum Familientreff.

Wir besuchten den Fritzlarer Dom.
Der Onkel sprach über gotische Bauweisen, entzifferte lateinische Inschriften, und einmal ließen wir uns vor der Kirche auf einer Bank nieder, um uns vom warmen Zefirwind behauchen zu lassen.

Im Großen und Ganzen fühlte ich mich ein bißchen an, als sei ich die Neue an der Seite vom Hartmut. *Man hat soeben geheiratet, und wird von ersten Zweifeln bepiekst. Ein kultivierter Herrn, der kläuschenartig über Themen referiert, die für eine simple Frau schlicht und ergreifend zu hoch sind?*
Dann plauderte sich der Hartmut mit dem Kartenabrupfer über Kirchenarchitektorisches* fest.
*Ich weiß nicht einmal genau, wie man das schreibt.

Der Onkal wollte am Abend in Sulzfeld sein, und freute sich an der Idee, daß ich der Verwandtschaft die E-Dur Partita von Bach vorspiele. Etwas, was ich meinem lieben Onkel nicht abschlagen mochte, und doch stimmte mich der Gedanke, den Abend mit wildfremden Leuten („In Aurich ist es schaurich, in Leer noch viel mehr, höhö!") leicht mulmig.

Wir besuchten ein schönes Café in der Fritzlarer Innenstadt, und dort gefiel's mir unglaublich.

Auch in den Augen der Mitinsassen spiegelte ich mich als Neue an der Seite des Onkels. Der Onkel lud mich so nett ein, und das Mandelhörnchen mundete mir sehr.

Ich schleppte Zeitschriften herbei, und las im „Journal" über einen Mutter/Tochter Konflikt.

Eine Tochter regte sich auf die arrogante Art vom bösen Uschilein darüber auf, daß ihre Mutti ihr immer das Gefühl vermittelt, ein Opfer für die Tochter zu bringen. Die Mutter erwartet immer ein „Dankeschön", z.B. dafür, daß sie die Kinder hütet. Doch die böse Tochter bringt dieses kleine Wörtchen einfach nicht über die Lippen, weil sie der Meinung ist, eine Großmutter sei hierzu verpflichtet.

Wir fuhren weiter nach Homberg/Efze, um uns eine dortige Kirche anzuschauen, doch der Onkel war so enttäuscht von den häßlichen siebziger-Jahre Bänken.

Auch hier plauderte der volksnahe Onkel mit einem knollennasigen Herrn, der aussah wie ein Ölgemälde, das aus einem Rahmen gestiegen und Beine bekommen hat.

Dann fuhren wir auf der Autobahn dahin.

Der süße Onkel sang ein paar Lieder, und erzählte, daß er den sinnlichen Genuß in der Musik schätze, und wie ihn Buz mit lauter Intellektualitäten eingedeckt habe.

Wir fuhren über Kitzingen nach Sulzfeld. Jetzt hatte ich mich an den Onkel schon so gewöhnt, daß

sich eine Weiterfahrt nach Wörth nackt und kahl
angefühlt hätte.

Das Hotel in Sulzfeld hatte sich in eine Opernbüh-
ne verwandelt. Lauter hübsch gekleidete Menschen
standen in Erwartungsfröhe gehüllt beieinander –
gespannt auf den Reifungs- bzw. Verdörrungsgrad
der Verwandten nach zwei Jahren.

Einer von Christas Verwandten begrüßte mich so
nett mit einem Küßchen, und es dauerte nicht allzu-
lang, und schon fuhr eine Limousine aus Münster
vor: Gerhard und Christa.

Zunächst hatte ich gedacht, ich müsse ganz schnell
losspielen, und dann nichts wie weg, doch schließlich
entschloss ich mich, dazubleiben. Ich tat´s in erster
Linie, um meinem lieben Onkel eine Freude zu machen, doch ich machte auch mir selber eine Freude
damit.

Der Wirt, der mir den Weg zum Gästehaus wies,
roch etwas strenge nach Schweiß, zeigte mir das
Zimmer 14 und sagte: „Rückweg finden Sie?" und
weg war der Arbeitsame.

Doch ich fand den Rückweg leider nicht.

Nachdem ich mein Zimmer wieder verlassen hatte,
stand ich kafkaesk an einer Stelle, die ich noch nie
gesehen hatte.

Später saß ich an einem langen Tisch in der Laube
neben dem Onkel Hartmut. Die Christa, im Feier-

modus trug ein verklärtes Lächeln im Gesicht. Hauptsächlich unterhielt man sich darüber, wie man wohl hergefunden habe?

Ich aß ein Filetsteak mit Kräuterbutter und Salat, und dann spielte ich los. Doch die Geige fühlte sich fremd und verstimmt an, so daß ich nach 1 ½ Seiten verlegen abbrach. „Das reicht!" sagte der Hambum beschwichtigend, da die Akkustik nichts tauge, und die meisten Gäste zudem kein rechtes Ohr dafür zeigten.

Hartmut und ich haben ein gemeinsames Hobby: Baldriantabletten einzunehmen.

Der Hartmut macht derzeit mit großer Freude eine Alkohol-Diät, und der geschärfte Blick für den oft maßlosen Alkoholkonsum der Verwandtschaft bewog ihn dazu, den Gerhard unverhohlen zu verdächtigen, zu viel Bier zu trinken.

Samstag, 28. Juni
Sulzfeld – Ofenbach (Niederösterreich)

Am Morgen etwas bedeckt,
doch dann wurde es sommerlich und schön

Vor dem Bettgang schmiss ich noch zwei Baldrianpastillen und eine Johanneskraut-Tablette ein, und dann war ich so müd! Ich weiß gar nicht, ob ich besonders gut schlief? Ich weiß nur noch, daß ich mich nicht besonders gut erheben konnte. Solcherart als hätte ich eine Spritze mit einem schweren Narkotikum bekommen, das eigentlich für ein Nashorn gedacht war.

Mich schmerzte leicht, daß ich die Christa gestern gar nicht gescheit verabschiedet und ihr nicht einmal eine gute Nacht gewünscht habe. Etwas, das mir nachhaltig leid tat, aber ich hatte sie gar nicht mehr gefunden. Und somit sagte ich heut ganz nett: „Gestern hab ich Dich ja gar nicht gescheit verabschiedet!"

Doch die Christa hat mit Gunstbezeugungen dieser Art nur wenig am Hut, und wüsste gar nicht, was man dazu sagen solle.

Onkel Hambum stand am Kaffeeautomaten, und strahlte von hinten eine leicht behäbige Familienverdrossenheit aus.

Das Frühstück war köstlich.

Gottlob habe ich meine strenge Diät schon vor einiger Zeit gelockert. Wie selbstverständlich nahm ich neben meinem Vetter Gerhard gegenüber vom Hartmut Platz, obwohl ich mir damit in den Augen von der schlank und jugendlich gebliebenen Christa leicht angefühlt habe, wie ein junges Ding, das sich unverhohlen an ihren Sohn oder gar ihren Mann ranmacht.

Gestern z.B. schmiegte ich mich zuweilen, nach Art einer etwas verlorenen Tochter aus erster Ehe an den Hartmut, und die Christa hat das nicht einmal gesehen. Aber die anderen haben es gesehen, und machen vielleicht Andeutungen?

Der Onkel fand es ein bißchen putzig, daß ich als reife Frau Nutella esse, während er selber Schinken, Wurst und Tatar aß, und sich sogar stilgerecht eine Gabel bringen ließ. Allgemein sprach man – an die gestrige Unterhaltung anknüpfend, über die Straßen, die man genommen habe, um hierher zu finden, um zu den Qualitätsaspekten des Hotels weiterzumodulieren. Dem Gerhard hatte die chromstahlblitzende Dusche so gut gefallen, und den etepeteteligen Onkel wiederum quälte der viele Tinnef.

Der Hartmut wechselte das Thema, und frug mich nach seinem Neffen Vanni aus, dessen Spur sich entweder in Wien oder in Italien verloren hat, so daß man gar nicht weiß, wo man das Fädchen des eventuellen Wiederfindens wohl aufgreifen könne?

Der letzte Stand der Dinge war, daß Vannis Freundin Claudia ganz schnell heiraten und Kinder haben wollte, während der Vanni selber noch nicht dazu bereit war, sich in einer derart engen und bezwängenden Nische des Lebens zu installieren.

Die Uta riet ihrem Sohn, sich gegen die kiebige und fordernde Frau durchzusetzen, und eventuell mal mit der Faust auf den Tisch zu schlagen. Doch der Spargeltarzan Vanni brach sich bei diesem energischen Versuch, zu dem er sehr viel Mut hat bündeln müssen, den Arm.

Zum Abschied besuchte ich den Onkel in dem so tinnefbeladenen Zimmer Nummer 23.

„Ist das die Hochzeitssuite?" frug der Gerhard humorig, während der Onkel noch mit den letzten beiden Fragen vom Kreuzworträtsel der FAZ beschäftigt war, und als nach einer Weile die Christa ins Zimmer trat, fühlte ich mich in gedämpfter Form wie Monica Lewinsky, die es bis in die Präsidentensuite geschafft hat.

Doch die Christa ließ sich nicht die geringste Pikierung anmerken.

Der rührende Onkel hatte sogar mein Hotelzimmer gezahlt! Nach einer Weile verabschiedete ich mich schweren Herzens von den Verwandten und setzte meinen Lebensweg einsam fort.

Durch meine Umkonditionierung bin ich viel fröher und glücklicher geworden. Im Rasthof Donautal kaufte ich mir einen portablen Kaffee.

Auf der Reise nach Ofenbach stellte ich mir vor, ich hätte einen Navigator von Aldi, der mir genau sagt, wo es lang geht, und dann stellte ich mir sogar einen Navigator für das ganze Leben vor: Er sitzt auf meinem Schulterblatt und gibt genaue Anweisungen, was ich als nächstes tun solle.

Ich hatte mir schon vorgestellt, wie ich nach meiner Ankunft durch das große Fenster schauen will:

Ich stelle meine Augen ganz unscharf, und warte so lange, bis Opa und Mobbl plötzlich dortsitzen.

In Ofenbach:

Die Tür war offen, und ich schlich mich in die Stube.

Auf dem Tisch lag eine Geburtstagskarte an Ming von Julias Omi Annemarie: „Viele Grüße an meinen Godschatz Julia!" schrieb die Omi.

Da begrüßte mich der süße Ming.

Ming hatte sich ein Einrad gekauft, und es hieß, Ming und Rehlein würden jetzt Einradfahren lernen. Fällt man beim Üben jedoch ungeschickt auf den Hinterkopf, so dürfte man bei der Fallhöhe augenblicklich tot sein?

Ming zeigte mir den Brief, den ihm das Lindalein zum Geburtstag geschrieben hat. Doch ich fand ihn ein bißchen traurig.

„Lieber Iwan!" schrieb das Lindalein freundlich, aber auch ein wenig distanziert, und der ganze Brief klang amerikanisch und fern, so als würde sich das Lindalein immer weiter von uns hinfortbewegen.

Ich rief das Beätchen an, dieweil Ming erzählt hatte, daß das Beätchen wegen meinem unfreundlichen Brief gegen Lindas Eheschließung in Aurich angerufen und ganz izzelig auf Rehlein eingeschnattert habe.

Und nun wollte ich wieder gut Wetter schüren.

Der Jesse kam an den Apparat, und musste das Beätchen erst aus dem Garten herbeiholen.

Das Beätchen hatte meinen Brief ganz fehlinteretiert, und dachte in ihrem eigentümlichen Hang fehlzuinterpretieren, daß ich es dem Lindalein neide, einen gutsituierten Amerikaner abbekommen zu haben?

Doch ich war nur traurig, daß das Lindalein auf diese Weise so weit von uns hinweggeschwemmt wurde.

Das Beätchen jedoch möchte an ihren tiefenpsychologisierenden Gedanken festhalten, und denkt somit, ich sei sauer und verbittert, weil ich Keinen abbekommen habe. (Unbewusst natürlich)←so denktse.

Sonntag, 29. Juni

Sommerlich und wunderschön

Ich nächtigte in Opas Zimmer, schlief jedoch gar nicht gut ein. Verschiedenes hatte mich sehr aufgewühlt. Zum Beispiel das Telefonat mit dem Beätchen, und inzwischen bereute ich meinen befremdenden düsteren Brief zu einem anfürsich erfreulichen Ereignis (Lindas Eheschließung) zutiefst.

Durch die Baldrianpillen scheint es einem morgens so, als habe man gar nichts geträumt, doch wenn man genau hindenkt, so fällt einem ja doch etwas ein.

Bloß fühlt sich dieser Traum dann an, als gehöre er gar nicht zu einem selber, sondern sei von jemand Anderem geträumt und erzählt worden.

Später erzählte ich ihn Ming, um unterhaltsam zu sein, doch gar so schlicht, wie ich ihn nun in Worte kleidete, war er nun auch nicht gewesen. *Mir war eine Violinsaite geplatzt, und ich mußte mir dringend eine neue kaufen. Und so fuhr ich in die Stadt, um einen Musikladen zu suchen, und hatte große Probleme mit dem Einparken.*

Ständig stand mein Auto ganz schief.

Als ich zahlen wollte, sah man auf allen Geldscheinen Saddam Hussein, und das Geld wurde hier nicht angenommen.

Wir schauten die „Lindenstraße", und die Vielfalt der vereinzelten Schicksale bewegte uns sehr:

Zwei Schicksale in der Lindenstraße, die sehr zu Herzen gingen:

…Die Iffi war wieder so dreist zu ihrer Stiefmutti Gabi, und sagte: „Wenn du so viel Zeit zum beten hast, dann frag doch mal dein liebes JESULEIN, was man machen könnte, um eine feste Anstellung zu bekommen?"

Die Gabi fühlte sich einsam und vernachlässigt, weil all ihre Freunde auf einmal keine Zeit mehr für sie zu haben schienen. Sie in ihrer Kurzhaarfrisur und der neuen modischen Brille stürmte das Zimmer, wo der alte Herr Krämer, den sie unlängst abgewiesen hatte, mit seiner Tochter über der Steuererklärung brütete.

Seit der Abweisung hatte Herr Krämer kein Wort mehr mit der Gabi gesprochen.

„Das geht doch so nicht weiter!" rief die Gabi flehentlich und griff nach den pergamenternen Händen des Greisen. Und die Hände des in seinen Gefühlen so tief verletzten Herrn zitterten…

…Die Sarah, die darunter leidet, daß ihr Stiefvater sie vielleicht nicht sooo liebt, wie seine eigenen Kinder, sprach davon nach Kanada auszuwandern, und der Stiefvater sagte so nebenbei: „Ja, mach das mal!" so daß es einem auf demütigendste Weise klar gemacht wurde, wie einerlei man dem Stiefvater ist.

Der süße Ming machte uns ein köstliches Müsli mit Erdbeeren und Kokosraspeln.

Oftmals saßen wir an Mings Computer und lasen Briefe. Der süße Ming unterschreibt sehr viele Briefe nur noch mit „Iwan" und sagte, daß er es nicht mehr einsieht, so viel Freundschaft und Wärme zu verschenken und, wenn überhaupt, meist nur unpersönlich zurückhaltende Resonanz zu ernten.

„Grüsse Nicole" unterschrieb beispielsweise die hübsche Nicole nüchtern, und beim letzten Telefonat habe sie gesagt: „Wir werden erwachsen!"

Jetzt will sie mit dem Professor Kebap zusammenziehen, um dem Erwachsensein noch einen Sahnetupfer aufzusetzen.

Am Nachmittag fuhren wir nach Rust. Ich fuhr, und Ming las über die Friedman-Affäre vor.

Unterwegs spielten wir diesen Fall als prickelnde Seifenoper nach.

Die antisemitische Schwiegermutter sagt: „Wir haben dich vor diesem Menschen gewarnt, Kind!"

Und Bärbel Schäfer schlägt mit den Türen und faucht nach Art vom bösen Uschilein: „Wie ich diese Sprüche hasse!"

Ruft der Friedman an, um zu sagen, daß es alles ganz anders sei, als man denkt, so sagt die antisemitische Schwiemu: „Meine Tochter will nichts mehr von Ihnen wissen!"

Ich stellte mir vor, wie Bärbel Schäfer den Anrufbeantworter bespricht: „*Wenn Sie uns beschmähen wollen, so wählen Sie die Eins. Wenn Sie uns etwas Aufmunterndes sagen wollen, so wählen sie die Zwei. Wenn Sie Tips haben, wie mein Mann vom Kokain loskommen kann, dann…*"

Dann waren wir in Rust.

Wir kauften unserer ungarischen Stamm-Eisverkäuferin je ein Eishorn ab: Stracciatella und Joghurt, und das Joghurt Eis war so köstlich!

„So ungefähr mußt Du Dir das Eis vorstellen, das der Onkel Karl gemacht hat!" erläuterte ich Ming, obwohl ich Selbiges nur aus Erzählungen kenne.

Unser Großonkel Karl, der Eisverkäufer verstarb bereits im Jahre 1989 mit knapp 83 Jahren, ohne daß wir ihn je kennenlernen durften.

Dem einst noch jungen und unreifen Buz war es seiner Braut Rehlein gegenüber peinlich, einen Eisverkäufer in der Familie zu haben, während ich heute keine Gelegenheit auslasse, mich gerad damit zu brüsten.

Wir schaukelten mit dem Bötchen auf dem See, auf dem heut ungewöhnlich hoher Wellengang herrschte. Meist steuerte ich, und der süße Ming verließ in seiner Badehose („die hat mir die Julia ausgesucht!") gar mal das Boot, um drum herumzuschwimmen.

Ming hatte etwas Mühe damit, ins Boot zurückzuklettern, weil der Boden so schlammig war, daß man sich gar nicht gescheit abfedern konnte.

Einmal krachten wir, da wir beide nach hinten geblickt hatten, gegen eine Mauer, und ein anderes Mal suchten zwei frische und nette junge Burschen in einem anderen Boot den Dialog mit uns:

„Sie glauben es wahrscheinlich nicht, aber wir waren soeben in Ungarn!" sagte der Eine stolz.

Nett schenkte uns die ungarische Bootsverleiherin zehn Minuten, denn eigentlich hätte es durch die neu angeknabberte Stunde zehn Euro mehr gekostet.

Da aber das Eis dort so köstlich ist, und von uns Geschwistern aufs Überschwenglichste gelobt zu werden pflegt, hat uns die Bootsverleiherin bereits ins Herz geschlossen. Außerdem kauften wir uns je nochmals ein Eishorn, und fuhren weiter nach Eisenstadt.

Im Eisenstädter Stadtpark war es wunderschön: Der See glitzerte im Sonnenschein. Rundherum standen Picknick-Couplets, Schaukeln und Bänke.

Gemütlich flanierten luftig und farbenfroh gekleidete Bürger in sommerlicher Unbekümmertheit umher.

Niemand dachte mehr an den nächsten Winter, das quälende Gefröstel, und die horrenden Heizkosten.

Ming erzählte von seinem Besuch in Bonn, und ich erfuhr, daß der Marius nicht mehr so süß sei wie früher: „Ich will diese Fernsehsendung zuende schauen!" habe er statt einer Begrüßung wie ein mürrischer alter Mann gesagt.

Ich erzählte Ming launig, daß der Marius immer gemeint hatte, der erste Mann im Lande zu sein, bis der Onkel Friedel aus Amerika kam, und ihn knallhart in seine Grenzen verwies. „Ey, Kleiner, halt dich da raus!" sagte der Friedel kühl und geringschätzig. Ob der Marius da wohl einen Reflex in sich gespürt hat, auszurufen: „Wachen! Abführen! Erschießen!"

Wir saßen in einem Lokal, und ich schleppte Illustrierte herbei.

Ming vertiefte sich in die „Neue Post für die Frau", und bekam einmal einen lauten Lachanfall, wobei seine Nasenflügel so rührend vibrierten:

Er las einen Artikel über Prinzessin Viktoria, die als Brautjungfer eine Schleppe tragen mußte. „Königin Silvia, die nach wochenlangen Ehequerelen auch mal wieder ein paar Freudenstränchen vergießen wollte", las Ming.

Hierbei denkt man doch an Frau Rautenbergs greisen inkontinenten Rauhhaardackel „Wiesel".

Wenn Wiesel beispielsweise in den geöffneten Koffer eines Gastes hineinpullert, so sagt Frau Rautenberg beschwichtigend: „Das sind Freudentränchen!".

Dann fuhren wir heim.

Am Abend lag ich noch in der Hängematte im Garten, und Ming schubbste mich an, so daß ich mich fühlte, als läge ich in einem Bötchen, das von hohen Wellen geschaukelt wird. Ich schaute in die Baumkronen hinauf, und fand´s paradiesisch.

Zur Dämmerstund radelten wir noch durchs Dorf.

Eine der Frühwirth-Schwestern, die in einem sehr freundlichen blumengeschmückten Haus am Dorfsbeginn leben, ist leider heimgeholt worden. 92 Jahre! Doch die Hauptsache, meine liebe Freundin Anna lebt noch. Leider saß kein vertrautes Sahnehaupt auf der Bank vor dem Hause.

Wir radelten bis zur Leitha, und von dort über den Rasen bis zu einem kleinen, erfrischenden Wäldchen.

Montag, 30. Juni

Sommerlich. Allerdings oftmals
mit sonnenhinwegblendenden Wolkenüberzügen.
Abends wunderschön

Der fleiß´ge Ming übte die Violinsonate von
Strauß, während ich soeben in der Frühstückszubereitung stak, da es mir immer ein Anliegen ist, Ming
zu zeigen, daß ich im Haushalt durchaus zupackende
Qualitäten habe.

Wenig später saßen wir Geschwister mit Blick auf
den üppigen Garten auf der Terrasse.

Ming wirkte etwas schweigsam, und ich versuchte,
mich damit abzufinden, daß Ming morgens zuweilen
ein bißchen in sich gekehrt ist, auch wenn Mobbl in
mir ständig meint, ihn unterhalten zu müssen.

Das Müsli mit Orangensaft schmeckte nur ge-
wöhnlich, dieweil es sich ja um eine Müslisuppe
handelte. Also erzählte ich Ming frei assoziierend,
daß den ausländischen Studenten in Trossingen zum
Einstand von der Stadt eine sogenannte „Morgen-
supp´" serviert wird.

Dieser freundliche Willkommensgruß wirkt jedoch
durch die trockene Bezeichnung „Morgensupp" ganz
und gar rührungswegwischend, so daß sich der Be-
schenkte nicht gerührt, sondern allenfalls aus seinem
Alltag herausgehebelt fühlt.

Nach dem Frühstück dachte ich mir einen strengen Lebensnavigator auf das Schulterblatt drauf, und fuhr rasch zu Billa. Ich beschloss, alles zu genießen, um endlich glücklich zu werden: Zunächst die Radelei, dann den Einkauf.

In der Kalgasse hätte ich beinahe einen kleinen Dackel überfahren, so daß ich wieder daran denken mußte, wie es damals war, als Beätchens Exmann, der Ric, das Kätzchen überfuhr.

„Oh, I´m so sorry!" sagte er mehrfach hilflos, und die Kinder weinten so sehr, und hörten nicht mehr auf. Und schon nach kürzester Zeit wandelte sich Rics Zerknirschung in Bedrohlichkeit.

„Now, STOP crying!" rief er brutal und donnernd, wie dies Familienoberhauptsart ist.

Am Nachmittag schaute ich gebannt die „Lindenstraße":

Hier wieder zwei fremde und hinzu noch erfundene Schicksalsflickerln für die Lindenstraßenkundler unter uns zum Nachsinnieren.

(Darf übersprungen werden)

Herr Krämer sagte der Gabi Lebewohl und zog weg.

Zum Abschied schenkte er ihr noch einen Ring und ein selbstersonnenes Gedicht, und als er sich entfernte, wurde im Treppenhaus automatisch das Licht gelöscht, so daß wir Zuschauer alle ein bißchen traurig wurden.

Die Mary (eine von einem griechischen Wirt aufgeheiratete Dame aus Afrika) war zuerst so fröhlich, weil sie die Sprachprüfung bestanden hatte, und der Vassily und seine Mutti waren sehr froh darüber, da sich die Mary wie fast alle Frauen nur ertragen lässt, wenn sie zufrieden ist.

Am Abend war's aber schon vorbei mit der Familienidylle, weil jetzt die Mary eine aidskranke Afrikanerin bei sich aufnehmen möchte.

Ming kochte Spaghetti, und ich versuchte, so gut es eben ging, zuzupacken, obwohl ich mich in dieser Hinsicht in Mings Aura immer unbeholfen anfühle.

Nach dem Essen fuhren wir erneut zum Neusiedler See.

Ming war heut etwas kritisch gestimmt, und als wir am Parkplatz ankamen sprach er über jene Ärgerlichkeit, daß wir das Abitur nicht zur rechten Zeit gemacht haben.

Ming wirbelte auch die Frage auf, wie man jemandem wohl die Meinung sagen solle?

Er bemüht sich immer sehr drum, in Wien eine Sprechstunde mit seinen Lehrern abzuhalten, doch die Lehrer lassen sich auf arrogante Weise nie richtig fassen, und die Englischlehrerin habe gehetzt gesagt: „Zehn Sekunden!" Doch wie soll man ein Anliegen in zehn Sekunden gescheit ausbreiten?

Schließlich liefen Ming und ich sogar Arm in Arm auf unser Vergnügungszentrum zu. Wir verstanden uns gut, auch wenn Ming heut ein wenig die Neigung zeigte, mich mit der Nase drauf zu stoßen, was ich wohl alles falsch mache?

Bei uns haben sich schon richtige Rituale herauskristallisiert, wie wir unsere Freizeit gestalten: Wir fahren an den See, kaufen uns ein Eis bei einer mütterlichen Dame mit üppigen Brüsten und hartem Akzent, und mit dem köstlich zartanschmelzenden Eis besteigen wir in ein Bötchen.

Vor den Blicken Vorbeiflanierender entfaltet sich ein sommerliches Gemälde von Renoir: Das Ruderboot.

Ich frug mich, warum wir mit der Lektüre der „Glücksformel" nur so schleppend vorankommen? Man verspricht sich so sehr, durch dieses Buch glücklich zu werden, und nachher hat man´s gelesen, und ist um keinen Deut glücklicher? Ist es die Furcht davor?

Doch hier auf dem See fühlten wir Glück, und brauchten keine extra Glücksformel mehr.

Als wir uns nach Ablauf der gemieteten Stunde Glücks der Bootsanlegestelle näherten, sagte ich zu Ming: „Das ist der Mann von der Eisverkäuferin, der einem immer so nett die Hand reicht, um beim Ausstieg behilflich zu sein."

Doch diesmal tat er es nicht, und deutete stattdessen auf die Badehose, die Ming beinahe vergessen hätte.

„Das hätte ein böses Erwachen gegeben!" sagte ich, doch dann fiel mir ein, daß dieser Herr ein Ungar ist, der den köstlichen kleinen Scherz gar nicht verstand.

Wir besuchten den Trampolinkäfig auf dem Vergnügungsvorplatz. Diesmal jedoch hatte ich ein leicht flaues Gefühl im Magen, besonders dann, wenn ich mich entschlossen hatte, mit dem Po vorneweg aufzufedern. Zwei junge Kerle schlugen Salti, und man sah, daß Ming ganz hoch hupfte, doch einen Salto zu schlagen traute sich der ansonsten allzeit so Sportliche noch nicht.

Ein kleiner Dreikäsehoch hupfte auch, und es sah aus wie ein kleines Fröschlein.

Abends bescherzte ich Ming darüber, wie man mit all seinen Bekannten und Verwandten Schluß macht. Man schreibt ihnen Briefe: „…Bin zu dem Schluß gekommen, daß ich diese Bekanntschaft nicht fortsetzen möchte!" Dann bringt man all diese Briefe auf einmal auf die Post, und wenn man dann abends so dasitzt, fühlt man sich plötzlich ganz anders an. Man hat sich in einen Menschen ohne Freunde und Bekannte verwandelt, und die Tafel seines Lebens abgewischt und Platz für Neues geschaffen.

Beim Abendessen brüstete ich mich vor Ming, daß ich mich – sobald ich unter der Schirmherrschaft Buzens stehe – in eine erstklassige Hausfrau zu verwandeln pflege, und Buz es kaum fassen kann, wie toll ich koche und putze.

„Das sagst du so!" sagte Ming brummig, da er sich wünschen würde, daß ich etwas haushaltversierter würd.

Ming las in meiner Aura vom Einen, der über das Kuckucksnest flog auf englisch, und ich mußte plötzlich lachen, weil die Leute Kriminalromane lesen, um zu erfahren, wer der Mörder sei, und dabei kennt man diese Leute, die hinzu frei erfunden wurden, doch überhaupt nicht.

Personenverzeichnis:
Eine Auswahl

Bea (Beätchen), (*1943) Tante mütterlicherseits in Amerika

Berke, Herr und Frau, (*1938) lieber Freund Rehleins

Bohnke, Walther und Renate, historisches Ehepaar aus Frankfurt (geboren um 1920 herum)

Bungarten, Lichtfigur auf dem Klassikmarkt

Christa, (*1946) Frau von unserem Onkel Hartmut

Christoph, lieber Freund in Aurich, Cellist, Komponist, Lehrer und Dirigent (*1965)

Dorli, (*1962) Exfreundin von unserem Vetter Friedel

Eberhard, (*1947) Onkel väterlicherseits in Berlin

Edith, (*1942) Dame, die im Haus gegenüber von der Omi Ella lebt

Friedel, Lieblingsvetter in Bonn (*1962)

Gabi(lein), (*1961) Frau von unserem Onkel Eberhard

Gabi, (*1969) Kommilitonin

Girardot, Frau, (*1935) alte Freundin von Rehlein und Buz aus Paris

Gerhard, (*1978) Sohn von unserem Onkel Hartmut

Großmann, Familie, Achim, Gitarrist in Fischerhude (*1953), Inga (*1970) Judith (*1998) und Ludmilla (*2003)

Hartmut, (*1945) Onkel väterlicherseits in Münster

Heidi A., (*1976) Buzens einzige Studentin aus Bremen

Heike, Herr, (*1933) vielseitiger Herr, Professor, Komponist, Geigenbauer...

Hilde, (*1964) Exe Buzens

Ivo, (*1955) Geiger im Streichquartett von Rehlein und Buz. Mitglied einer Popband.

Jim, (*1960) der Neue an der Seite unserer Kusine Linda

Kionczyk, Omi, (*1919) Mutter von meiner Freundin Edith in Grebenstein

Koppelstätter, Herr, (*1948) herzlich befreundeter Geistlicher aus Hausach

Kuhn, Ehepaar, (*1927 bzw. 1930) älteres Ehepaar aus Schwäbisch Gmünd

Kurz, Eheleute, (*1928 bzw. 1938) Eheleute in Wolfenbüttel

Linda(lein), (*1973) älteste Tochter von unserer Tante Bea in Kalifornien

Ludmilla, (*2003) Säugling von unseren Freunden, den Großmanns in Fischerhude

Maria, (*1964) liebe Freundin in Aurich

Marius, (*1998) Söhnchen von unserem Vetter Heiner in Bonn

Mats, (*1993) Söhnchen von meiner Freundin Monika in Leer

Max, Frau, (*1920) sympathische ältere Dame in Goslar

Miriam, (*1997) Töchterlein von meiner Freundin Maria in Arich

Mobbl, Omi, (1910 - 1999) Omi mütterlicherseits

Monika, (*1961) frisch nach Ostfriesland gezogene Schwester unserer Freundin Thekla

Möllers, Nachbarn in Aurich (*um 1953?)

Münch, Frau, (*1943) meine Sekretärin

Nani, (*1948) Entfernte Verwandte in Graz

Nemec, Familie, (Familie in Lingen. Herr *1923, Frau*1948 und Töchterlein: *1990)

Omar, (*1972) der Neue an der Seite von Buzens Exe Hilde

Prusch, Jochen, Geiger in Tübingen (Geburtsjahr unbekannt)

Rautenberg, Frau, (*1920) Nachbarin in Aurich

Ric, (*1945) Exmann von unserer Tante Bea in Amerika

Reimers, Rektoreneheleute in Trossingen (*1941/1942)

Rosa, (*1966) die Neue an der Seite von unserem Vetter Friedel

Röbel, Eheleute, (*1934/1941) Pastorenehepaar in Aurich

Schinke, Herr und Frau, (*1934) meine Bratschenschülerin

Schröders, Mitbewohner und Vermieter in Omis Mietshaus in Grebenstein

Stoppenburg, (*1943) Komponist in den Niederlanden

Thekla, (*1965) liebe Freundin in Ostfriesland

Thomas, (*1972) Sohn von unserer Nachbarin Edith in Grebenstein

Ulrike, (*um 1976) Künstlerin und Schloßherrin

Uschilein, (*1946) Exe von unserem Onkel Eberhard

Uta (Utelchen), (*1936) Tante mütterliche
rseits

Ute M., (*1963) liebe Freundin in Herrenberg, Baden Würtemberg

Valerie, (*1964) Studentin Buzens. Zwischen 1987 und 1991 lebte sie in meiner WG in Trossingen

Vanni, (*1966) Vetter aus Rom

Wies, Eheleute, (*1940) Omis Helferin in Grebenstein

Yossi, (*1947) Spezi Buzens. Bratscher und Genie

Weiter geht´s im nächsten Band.
Erscheint am 5. Juni 2022